小川濤美子全句集

角川書店

平成 26 年撮影

左から小川晴子、斉藤亭（中村汀女の母）、小川濤美子、片岡武彦（小川晴子の長男）、中村汀女。　昭和 44 年撮影

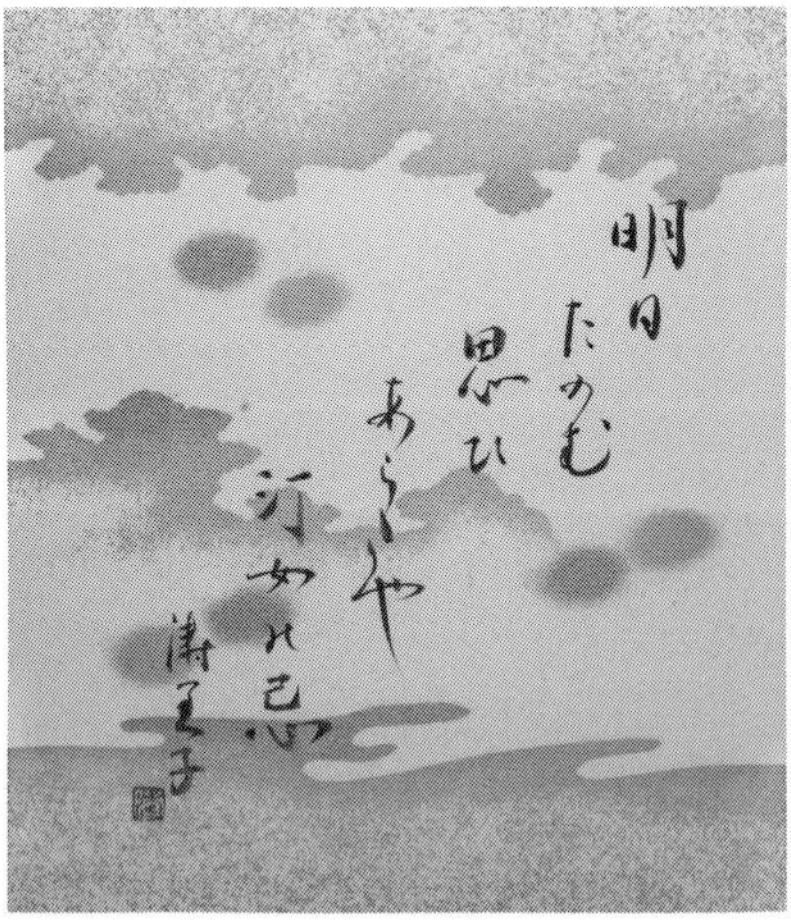

明日たのむ思ひあらたや汀女の忌

引かれ引く母娘の絆若葉風

初富士や身近に拝す畏けれ

小川濤美子全句集　目　次

富士薊

爽やかな鋭さ　佐伯彰一　11
平成元年　五二句　13
平成二年　四七句　22
平成三年　三四句　30
平成四年　四七句　36
平成五年　五四句　44
平成六年　四四句　54
平成七年　三八句　62
平成八年　三九句　68
あとがき　76

和紙明り

平成八年以前（『富士薊』拾遺）　一七句　81
平成九年　八四句　84

来し方

芒野

平成十九年　六〇句　223
平成二十年　五四句　233
平成二十一年　六四句　242
平成二十二年　五四句　254
平成二十三年　五〇句　263
あとがき　272

初富士

平成二十三年（『芒野』拾遺）　八句　275
平成二十四年　七〇句　276
平成二十五年　六八句　288
平成二十六年　七三句　300
平成二十七年　七一句　313
平成二十八年　三九句　325

装丁　大武尚貴

函絵　坂上楠生／アマナイメージズ

小川濤美子全句集

凡例

＊第一句集『富士薊』から第四句集『芒野』までの既刊句集を、序・あとがき等を含めて完全収録した。
＊第四句集以後の作品三二九句は、『初富士』（未刊新句集）として併載した。
＊既刊句集については、初版本を底本とした。表記は新字体、旧仮名遣いを原則としたが、一部著者の好みによる旧字体を使用した。誤記、誤植等は訂正した。
＊著者の俳歴をたどる縁《よすが》として、〈自註〉を併載した。
＊巻末に、季語索引を付した。
＊本書の構成、内容等については、小川晴子の編集によるものである。

第一句集

富《ふ》士《じ》薊《あざみ》

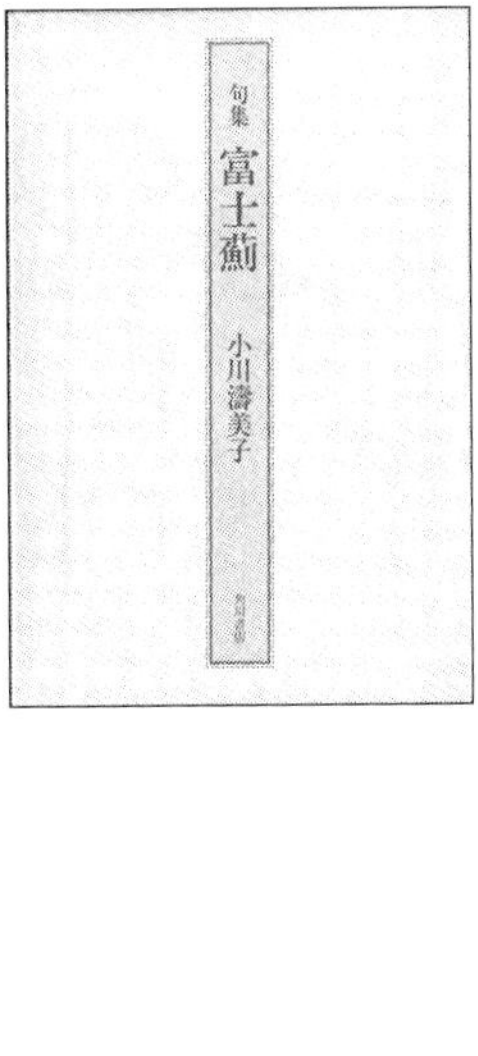

第一句集『富士薊』

平成九年五月二十九日、角川書店刊。四六判上製貼箱入り。二一〇頁。定価（本体）二六〇〇円。一頁二句組み。序文・佐伯彰一。平成元年から平成八年秋までの三五五句を収録。

爽やかな鋭さ

佐伯　彰一

小川濤美子さんは、お人柄も明るく爽やか、その詠いぶりは、大らかな抒情性が身上とうつる。ところが、時折じつにシャープな噴出が生ずるのだ。句集のタイトルも「富士薊」なら、「ふれんとし花も刺持つ富士薊」といった一句に行き当ると、思わず息を呑まずにいられない。さらに「芒野に心も身をも委ねたし」――、この爽やかな鋭さをどう受けとめたものだろう。句歴の長さにもかかわらず、これが初句集という所にも、爽やかさが匂い立つようだ。

平成元年

誰が欠けしとは言はずしてお元日

元旦の晴れ極まれど独りなり

豆雛のよきかんばせやわれに向き

紅梅の一枝の高さひなの段

雛段や何もなきままその一段

春寒し引戸重たき母の家

山中湖にて

山雨しとど小さきがつよく富士桜

春宵やから松大樹銀色に

林立す芽木や樹間に富士ありし

囀りやわが歩とともに進みゆく

スコットランド、エヂンバラの旅

夏の夕クイーン御料地はてしなく

短夜の異国の空に何言はむ

短夜や千年の城わが窓に

灯に浮かぶ古城と森や短き夜

カーテンの小花はブルー夏に入る

マロニエの葉先きの揺れやテムズ川

街行く人々は何かせはしげに見ゆ

ウォータールー足早やに過ぐ大緑蔭

美しき婦人らホテルに集ふ

夏帽子レディらどっとロビー満つ

シアターのはねしざわめき夜半の夏

隅田川花火に招ぜらる

爆ぜ落つる花火の殻を除け通る

消火のため、各自が家を見廻る

町裏は警固きびしき大花火

辻の人よきところ占め花火見る

群衆の一瞬静寂花火待つ

台船の動く人影花火果つ
定刻ぴたりと打上げ終る

川波あらく帰路いそぎ行く花火船

冷房車降り立つ南風に身をまかせ

南吹く客引きの旗揺れつづく

海の南風駅頭しばし旅人のみ

東京館細窓に見し夏夕焼

三菱レーヨン研修会　那須に行く　六句

セミナーの若きら軽装夏の宵

夏草に故郷恋ふやまた父母を

丈低きサルビヤわびし小ホテル

野道行く清水の音のややありて

めまとひの渦巻く視界茜空

ロゴショップ夏帽子買ひ夫機嫌

山中湖にしばらく過す　五句

そと貰ふ富士の花野の草の束

見下ろせば大雪崩あとはや夏草も

団欒のロッヂ出づれば秋風満つ

湖をへだて夕富士に対す秋灯し

帰京の荷加へて添へし秋の花

草枕俳句大会　天草　本渡市切支丹館を訪ふ

秋日濃しクルスの丘に再会す

しばし聴く切支丹悲話秋まひる

有明湾をめぐつて熊本へ

一望の秋の干潟を車馳せ

秋汐の干潟の沖に人一点

大芒単線一路海に向く

傾きつ揺れ光り合ふ花芒

したたかげに萩濡るるまま千代尼塚

加賀白山廻りもとめし胡桃とや

金沢にてKさんの母上に会ふ

娘を思ふ言葉静かに紅葉散る

金沢

冬近き坂下りゆく老舗町

簗町は時雨のなかに軒せばめ

遠来の客を迎ふる鰤起し

平成二年

代田八幡神社に一家で詣づ

元朝や氏神の庭去年のまま

一夜明け温き火残る札納

破魔矢ならべ社務所のせまさこれもよき

子の丈に神籤結ばれ初詣

一月十五日、世田谷ぼろ市開かる

ぼろ市やラタンの麒麟木に吊られ

角店のピンクのピエロぼろ市に

大場代官屋敷

門前の賑はひよそに欅枯る

日脚のぶホテルロビーは海臨む

あたたかとボーイの顔は海へ向き

店さきの椅子荒れしまま春の街

春宵の若きら誰を待たむとて
ジーパンの男女肩よせ春泥に
春灯やファッション地下にあふる見ゆ
老梅一本残しマンションロココ調
閉ざされし山荘荒るる囀に
花芯吸ふ鶯小さし枯いろす

清水支部記念会

相逢ひし昂ぶりのまま短夜に

地引網入るる知らせや明易し

網引ける手に夏潮の香のたしか

夏波のなか七色の小魚跳ね

客船にて北海道利尻島へ

暑き道倉庫の町の運河沿ひ

朝曇急患おろす島の波止

オホーツク近し烏賊追ひの船集ふ
飛沫《しぶき》越し船窓に見ゆ烏賊火かな
航路直進とともに烏賊火のつづくまま

箱根仙石原　三句

光り靡く芒野原にただ対す
草原に秋七草の小さきこと
抜きんでし女郎花の黄にあゆむ

畑宿

江戸へ行く石道残し村残暑

秋暑し寄木文様家ごとに

寄木店秋の細道曲り行く

北九州市和布刈公園

紅白の萩こぼる坂和布刈へと

十年ぶり秋色まさる句碑の辺に

吾亦紅抱き再会す関門碑

秋海にかこまれ安んず母ここに

大鳥居秋汐満ちて流れ迅き

小倉市に泊る

朝早き人の往来秋の雨

秋水の湛へゆたかに天満橋

古都太宰府を訪ふ

露草を踏みしたがへて都府楼址

二日市大丸別荘

湯の神のお梅地蔵よ芒挿し

有馬　五句

秋冷に滴り落つる元湯らし

四囲いまだ醒めぬ辻抜け紅葉谷

たてよこの細坂つづく秋日和

軒深く糸車置き秋晴るる

紅白の格子の綾や秋日さし

篠山の近又楼へ

山越えて丹波の宿のぼたん鍋

二百年老舗の鍋や味噌仕立て

平成三年

屠蘇の杯船乗りびとと肩ならぶ

春寒むのメリケン波止場や人恋し

クレーン乱立かなたへ春の海茫と

春の海巨船かたへに艇交叉

春灯すホテルテラスの赤と青

高速路大きくカーブ春の夜

人影は去り突堤に春怒濤

百《ど》々《ど》御所の雛のまとふあはれかな

グラスに透く茎の細さよチューリップ

街のタチューリップ抱き歩を返す
五月照る青梅街道ひたに馳せ
大玻璃戸いそぎ閉すや夜霧急
金縁の洋皿ムニエル霧の卓
夜霧こめロビー人影まばらなる
霧流る赤松の木立従《したが》へて

差す傘の花柄夜霧を明かるうす

箱根滞在

台風来みな窓閉ざす店のみに

畑宿へ霧や秋雨曲り道

秋七草欠けるものなし山は晴れ

抜きん出て花《か》茎《けい》陽に向き女郎花

汀女忌や秋霖よしの声聞こゆ

明日たのむ思ひあらたや汀女の忌

秋雨に人みな無口地下通路

病篤きこと告ぐ電話夜の秋霖

母住みし家取り壊さる

秋雨やわが家潰《つひ》えし日もはげし

一ときを句会の友と秋惜しむ

庭師まだ動く影見ゆ暮の秋

京都百万遍の思文閣美術館へ

久闊を叙す人ここに秋深し

汀女展出でて暮秋の嵯峨野訪ふ

陶轆轤廻し工房冬に入る

窯出しの皿の干されし村小春

交差点踏み出す半歩街師走

一輪の冬ばら投げてフィギュア終ふ

冬晴の空の区切りやビル高低

平成四年

骨董もならべ雑踏初金毘羅

夜更けなほ雪掻く人の影小さし

浅春の重き雲見ゆ佃島

しづかなる笑みもて呉れし蕗の薹

有職の雛あでやかに語るごと

西宮市星陽荘にて

海光り家居それぞれ昼霞む

丘もまた霞み一時のチャイム聞く

吉野行　五句

一望の花迫り来て人小さく

咲きのぼる桜だんだら空近し

吉野谷十字に埋めし花いくた

花の道行者ら伊勢へ抜けしとや

花漬の浮く碗ぬくし吉野坊

春深き夜の東京は雨はげし

山雨近し乙女桜は夜に白く

春雪を抱く富士とあり村の花舗

道の辺の山吹手折り墓所はるか

「文学者の墓」に詣でる

若葉背に鎮もる人ら母もまた

ホテル中庭茂みの巣箱白きまま

掃除婦の話きりなく緑蔭に

青嵐終夜とだえぬ救急車

マウイ島滞在

南風吹くレイ編む女ひたすらに

身をまかすハンモック揺れ風のまま

ディナーいま大夕焼に人も染め

星条旗かかげ夜涼の波の音

八芳園吟行会

窓すべて夏木せまりしロビーかな

夏木立親しき顔の見えかくれ

翅うすきとんぼ動かず山の日に

逗留の人新涼を言ひて発つ

富士を背に月真向ひに歩み行く

富士吉田

夜祭りの町並なべて富士へ向く

宵闇や篝火つづく坂なだら

太き薪投げ惜しみなき門火かな

赤富士の神輿もありて火の祭

御師の家多し

草の花生ふるままなり御師《おし》の家

富士講の碑に江戸の文字秋暮るる

ニューヨーク　四句

ドレス縫ふ人ら見ゆ窓秋の昼

秋灯下人影同じ裏窓に

パン一つ買いて夜寒の街に消ゆ

ふと目覚む軽き毛布やここ異国

肌寒の朝の有馬は雨に明け

坂に沿ふ湯まちのたつき時雨る日

冬日差山竹あらき籠ならべ

「炭酸源泉」あり

色赤き炭酸水汲み冬晴るる

瑞宝寺公園は紅葉に埋まる

冬紅葉身をまかせけりこの谷に

冬木かこむ小祠の格子わづか開き

御殿場を隔つ冬雲指呼のうち

湖岸枯いろ吉《きち》字《じ》草《さう》のみ場をひろげ

平成五年

ハワイの島での正月　五句

屠蘇祝ふこの歳月を共に来て

美青年かしこみ運ぶ雑煮膳

冬蝶舞ふハイビスカスの花芯かな

冬日うすきプールサイドや人見えず

窓閉しオレンジ熟れて独り住む

まゆ玉のゆるる仲見世コート重し

着ぶくれて奥山くらき池に佇つ

浅草寺はとバス止めて日脚伸ぶ

寺裏に車手入れや寒日和

獅子舞の寝てはぢらひを見せくれし

獅子頭祝儀すばやく銜《くは》へ入れ

梅一花鳥啄みて疾く消えし

はらからと馳けし根津山日の永き

春の辻鉛筆セール赤青黄

春霖や駅は夜に入り娘を発たす

春風の夜に街に消ゆ若きらよ

六甲も街もにびいろ黄沙来る

春光まぶし酒蔵出でし一歩にも

風光る宮水汲みし井戸ここに

マウイ島での休暇

ジャカランタ咲き散るままや夏館

教会の時計真昼や夏日つよし

荘遠し浜木綿みちびく丘起伏

風の午後夏木窓打つへヤーサロン

髭の濃き男手荒らに髪洗ふ

それぞれの夜濯ぎおへて旅にあり

スプリンクラー音立て夜の夏芝に

館山市中村別邸

見覚えのまま大玄関も水を打つ

行川アイランド孔雀飛行を見る

若葉風一羽は外《はづ》れ山に飛ぶ

海草をひたすら干して丘薄暑

風荒き丘に別るや花うつぎ

木洩れ日の古道の湿り山法師

禁断の棚越え入るや大夏野

豁然と全き花つけ山法師

母恋ひのいとまなきまま秋に入る

大花野わが思ふ母若くして

溶岩原に富士薊賞で立ちし日よ

至らざることあるのみや秋扇

えにし深き支へ重ねて汀女の忌

開け放ち家ごとに挿さる秋の草

金魚みな小さき夜店子ら行き来

相会うて別る一と夜の里祭

秋潮にまかせてくぐる橋いくつ

江ノ島吟行会

弁天橋汐満つときや秋惜しむ

海に向く家裏ほそ道石蕗咲けり

秋草も荷にそへのぼる島参道

和布刈神社に寄る
めかりへの野辺の花石蕗日を集め

句碑に向く周防の風の冬ぬくし

冬潮迅し沈潮閣の額も古り

翌朝、城下町長府を訪れ功山寺で昼食
みぎ左小路岐れて秋時雨

壇具川沿ひを散策
土塀つづく人住みなれて町初冬

オアフ島　クリスマス

選り迷ふ菓子銀皿に聖夜くる

ビルはざま聖樹は椰子と競ひ立つ

風船もナフキンも赤ホテル聖夜

イブ明けて浜は半裸の人ゆき来

平成六年

葉牡丹や少し傾ぎて芯の濃く

有明海に沿い三角町へ

朝靄の島原はるか海苔育つ

本渡市殉教公園に句碑を訪ふ

冬凪の浦曲めぐりて来し丘よ

ギヤマンの燈持つ十字冬晴るる

冬麗の別れに手まり渡されて

ホノルルよりインディペンデンス号でマウイ島へ

万国旗張りて客船冬の凪

埠頭寒し乗客の荷の整然と

皎々と冬月高し黒き海

戸を閉ぢし都会の夜の雪募る

雪の街だるまに鬘載せてあり

欲はみな失せしごとくに二月過ぐ

わが居間の置処の思案紅薔薇

士友会大磯東電荘

卯波寄す大植込は明治より

老松も若木もこぞり緑立つ

夏めけり荘見えずして森深き

地福寺に藤村の墓を訪ふ

肩に触る実梅の太き枝くぐり

法被の娘ほほづきかかげ値をつけて

山中湖まだ避暑客少なし

暮れんとす夏うぐひすのあきらかに

赤松の聳ゆるのみや夕焼しづか

ぎぼし咲く場の定まりていくとせよ

パンまきて栗鼠待つ避暑の庭の朝

代田の家を改築のため整理する

きしきしと大き荷くくり汗光る

酷暑来古きものみな捨てかねつ

休暇の子ひたすら眠る風涼し

かくばかり天の川あり輝やかに

すれちがふ黒人残すよき香水

レストラン閉ぢ扇風機のみゆるく

勤め終ふ西日の街に人ら去り

波乗りのはてなき子らや大夕焼

箱根御用邸跡

湖の照り秋色かこむベルツの碑

ロープウェイ頭上間近く尾花散る

末枯の坂みな湖水に通じ合ふ

夜おそくつぎつぎにホテル到着

秋冷のロビーに集ふ衿立てて

若きらのリュックさまざま秋の夜

チェックイン山の夜寒を身にまとひ

沖縄支部訪問

さんご礐《ひさ》ぐ菊も献花し魂魄碑

戦あと今なだらかや芒生ふ

首里城

夕風に暑さ残りし石畳

朱漆の香の立つ廊の秋日かな

備瀬の福木村を散策

福木みち抜けて明るき村晩夏

干し拡ぐ漁網に照らふ秋海光

シーサー載せ人なき家の秋真昼

今《な》帰《き》仁《じん》城《じやう》

秋蝶のもつれ消えゆく谷深き

城壁の曲りいく重や秋の声

平成七年

日中冬ぼたん俳句大会

咲きつぎてなほ色とどむ冬ぼたん

阪神大震災から四日目に東京に避難せし娘との暮し始まる。
夜になるとあちこちから電話あり

電話ベルきりなき一と日春の雨

安否先づ確かめ合ひて夜半の春

猫馳せて家居たのしむ遅日かな

或る日は雪も降り積む

誰かれの罹災の消息春の雪

被災地を越え送りきし蓬餅

被災の友いかなご炊きしと文添へて

句座のみな心一つや花菜漬

上野東照宮ぼたん大会

いくつ百の蕾こぞりて牡丹園

箕面勝尾寺　四句

さみだるる谷曲りきて景新た

滝の道野猿座を占め動かざる

そここに小達磨並び沙羅の咲く

差しのべし手に染むばかり若楓

横浜点描

風見鶏止り秋暑の正午指す

連れ立つは異国人のみ街残暑

どの坂も海につづきて秋まひる

二ケ月余、家人病院に過ごす

昇降機開閉しきり星祭る

くつたりと束ね売らるる秋の草

スペインもかくやひまはり陽に向ひ

桔梗の倒れて開く濃き五弁

旱はげし川原の石は累累と

秋の灯や二輛の汽車のきしむ音

湧く霧のさまをまぢかに岨《そば》に立つ

家ごとの小流れ迅し水澄めり

秋冷や関所のありと駿河みち

明日発つと吾の花野に別れ行く

海《うみ》山《やま》の祭の煮ものの届く夕

秋芳台・津和野

しばしあり滴り受ける百の皿

冷ややや電光に照る洞の景

ほとばしる秋水高き瀬音かな

津和野川流るる背山霧立てり

聖母像うすれし壁の秋日かな

三渓園 合掌造矢篦家

秋冷や梢の香流る居間覗き

海風のすこし冷たし歩道橋

忘年会果てて運河の灯影かな

マフラーに顔をうづめて黙し歩す

りぼん電飾またたき銀座聖夜来る

道せまし色よく積まれ日記出づ

平成八年

明けやらぬ島春雷の馳せかけり

朝ごとの色確かめつ春の海

春昼やホテルフロント子《ね》の飾り

二百年経ちし砂糖黍の領主の館はクラフトセンターになるといふ

風雨いくとせ館手直し草青む

枝垂れ揺る柳の青さの表《おもて》裏《うら》

水交社

同期らし海の男ら花に酔ひ

行き交ふは厚着のままの花見人

花冷えや今日もヒーターつけしまま

湘南研究会へ

ひとり来し山手坂みち花連ね

桜咲く洋館古りて扉閉め

深大寺

大若葉暗き店先き蕎麦を打つ

藺草まだ草に交りて低きまま

ひび割れし菖蒲田に立つ鳥の二羽

国隔《へだ》つ真昼の道の夏木蔭

東電寮「鎌倉荘」にて

回廊を来て迎へらる浴衣かな

文字小さき文士の原稿風薫る

風かほる森深くして文学館

賑はひは束のまの村花木槿

人まばら湖畔木槿の色分ち

平野のあたり一面に蕎麦畠

辻ポスト小さき箱立つ蕎麦の花

演習場の道を通り過ぐ

尾花みごと世のかかはりもなき如し

花野闌《た》け去年のわが道見失ひ

長き夜や夫と異なる刻を持つ

津軽吟行　二句

枯あぢさゐ風の岬に丈低く

野菊踏み発掘の丘はるかなり

爽やかやシチュー味よき煉瓦館

箕面　二句

紅葉道ぽとぽと椎の実落つる音

紅葉見の行き止りとて滝激し

芒野に心も身をも委ねたし

身に入むやほとばしり出づ富士伏流

小鳥来るかすかにしなふ細き枝

照葉みちわが常の道一人行く

ふれんとし花も刺持つ富士薊

冠雪の富士顕はるる小春かな

藻もゆらぎクレソン生ふる冬野川

神の留守参道わづか日の洩るる

踏む石も大杉も古り神の留守

村畑は冬菜のさかり陽の強し

降りしきる唐松落葉光りつつ

あとがき

この文を書く日の朝に、或る出版社から汀女作品の掲載願いが届いた。「山の威のふつとにはかや夏薊」という句を使いたいとのことであった。常々は殆んどきまった句ばかりであるのに、この薊の句は全く初めてと言ってよいのだ。

先年の夏、山中湖に滞在していたときのこと、母の望みで富士の須走口から車で、登って行った。もう此処までというところで外に立った。すでに山には冷たい強い秋風が吹いていていた。荒々しい熔岩の砂地に一と株の大きな富士薊のみが咲いていていた。母と二人で見たそれが、私の心に焼きついている。

このたび初句集の名を、「富士薊」と迷うことなく決めたことと、何か関わりがあるように思えてならない。私は結婚後の数年を除きいつも母と行動を共にし、長女であったせいか、家の内外のことを若いときからやらされて来た。けれど改まって俳句を作り教えるということはなかった。句会に行っても、外で待って居るようにいわれただけである。

母の没後、無我夢中で作ったこれらの句は、まことに恥しい限りであるが、「風花」の創刊五十年を迎えるにあたり、まとめてみたいと急に思い立ったのである。

改めて、本日まで私を見守り支えて下さった多くの方々に、心から感謝申し上げると共に、これからの御支援をお願いする次第である。

快く序文を下さった佐伯彰一先生、また角川書店の方々にも厚く御礼申し上げたい。

小川濤美子

平成九年四月

第二句集

和《わ》紙《し》明《あか》り

第二句集『和紙明り』
平成十四年六月二十六日、梅里書房刊。四六判上製貼箱入り。二二八頁。定価（本体）三〇〇〇円。一頁二句組み。冒頭に平成八年以前（『富士薊』拾遺）を置き、平成九年から平成十三年までの合計四〇四句を収録。

平成八年以前（『富士薊』拾遺）

春寒の海のベンチに身じろがず

春宵や須磨浦にはや灯を点じ

マウイ島　九句

混血のウエイター凜とアイスティー

ハレアカラ稜線低く夏の月

朝曇芝刈る男身じろがず

町炎天オープンカーは犬乗せて

夏雲やチャペル時計の午後七時

海昏れて泳ぐカップル奔放に

さざめきは大魚寄り来し夏の灯に

捕鯨せし老爺の夏帽きりとして

蛇の目傘差しかけインコの町暑し

夏帯やわが昂りをなだめつつ

面影をぎぼしに重ねまみえんと

秋の蝶こもごも告げむ汀女の忌

こぞり来し幾日たしかむ汀女忌に

明日は発つ無言のわかれシクラメン

娘と別る駅の雑踏冬の雨

平成九年

初富士やいま在ることを思ふ幸

冠雪の便り冬菜と共に着き

新旧の暦掛けつつ稿すすめ

健やかに目指す世紀や明の春

湖かこむ冬山影を重ねつつ

冬灯湖岸家並の連なりて

一舟もなき湖の夕鳰揃ひ

東慶寺　四句

鎌倉へひとりの梅見昼も過ぎ

女人あまた救ひし伝へ梅も古り

春寒の谷《やつ》やすらかに文士の墓

背山の樹伐られ余寒の風少し

旅終へて先づ確かむるシクラメン

ウテナの名バス停にあり陽炎へる

弁慶橋東風のますぐに逆らひぬ

朝ごとの花の知らせを諾へり

飛騨高山春祭　五句

山は晴れ旅人のみの町うらら

祭屋台囲み押し合ふ吾もまた

人形の挙措にどよめく春の昼

春灯の百ゆられゆく夜の闇

装束の顔誇らしげ春の宵

創刊の日時確かむ五月来る

共に来し若葉の道の真直ぐなり

銀座おとな塾　三句

歩みつつ電話はリリと夏に入る

みつ豆屋出入り賑はふ薄暑かな

銀座八丁空一と筋や夕薄暑

朝日差す細き一条明易し

竹の皮くるりと脱ぎてそこ此処に

落つ竹の皮拾ひ来て懐かしむ

どの顔も和み浴衣は同じ柄

売り声の姦し雑踏梅雨晴るる

ツアー客迷ひ子さがす梅雨の辻

北沢八幡宮　四句

亭々と大樹の社大祓

形代にペン一本の添へ置かれ

紅白の形代二枚受く夕べ

名を書きて留守の玄関さくらんぼ

タイ、チェンマイを訪ふ　十一句

夕焼けや城門名残りの赤煉瓦

堀めぐらし古都千年の町極暑

夕屋台ならび犇めく跣足の子

庭師らの片蔭に寄り声もなく

国境近き村は静かに朝曇

夕風のパティオくまなき胡蝶蘭

大河涼し小舟巧みに往き交はす

対岸のさざめき始む灯涼し

明日は発つ真夜の川波月円《まど》か

グランドパレス

蓮捧げ人みな静か香を焚く

炎天下金箔貼らる仏陀かな

山中湖村

夏萩やこの地に長き歳月よ

一ところ月見草生ふ売地あり

誰も会はぬ赤のまんまの道行けば

富士よりの風吹き抜けり駅残暑

六甲脇田山荘

カーブ尽き山頂一瞬霧晴るる

ランチタイム終りてシェフら霧に出づ

霧雨しきり卓のマットは海画く

霧まとふ山荘太き杉に向き

米国旅吟　二十四句

秋冷や音なく上る三十七階

先づ見よと秋灯つらなる摩天楼

秋晴るる海越え集ふ友朗ら

町静か手を振り駈けよる秋の駅

朝寒や辻の屋台はコーヒー売り

手袋もスカーフも白金髪の子

天高し金色ブレス重ねし娘

桃吹くや過ぎ行くここは南部の地

ひた駈ける南部の天地天高し

波止歩道煉瓦のくぼみ秋日濃き

木の実敷く湖への坂のほの暗き

舟泊めて薄紅葉せる荘静か

かすかなる人の気配や秋灯す

かけ込めるパブの暗さや秋驟雨

蔦からみ二階もパブや鉄階段

老夫婦ただ椅子に寄り秋思かな

大木はやどりぎのみや秋高し

スパニッシュ・モスの名のやどり木多し

寄生木《やどりぎ》の房風に吹き薄紅葉

秋の宿金文字名札小さくて

ザ・ガストニアン・イン

秋暮るる家伝の銀器ハイティーに

天蓋のベッドの高き秋灯

百合活けて朝食の座は厨なり

ワッフル焼きりんご煮て添ふ卓白し

イサム・ノグチ美術館

小さき石光り墓碑とや薄紅葉

武蔵野や大黄落のただ中に

冬薔薇や街辻の名はチャールストン

温室の窓開け放つ小春かな

小流れを堰きて一樹は葉を落し

越年のためマウイ島へ

輪飾りも旅荷に加へ発つ夜かな

翌日昼前に到着

クリスマス買物客はみな素足

平成十年

マウイ島の正月　五句

元朝やブーゲンビリアの垣に沿ひ

ごまめ二尾赤飯もあり島の膳

常のごと観光船は初凪に

元日のミサ終ふ御堂人気なく

大皿のサラダランチやお元日

春雪にすみれ花弁をあげて耐ふ

木の芽雨国道のぼる車灯の列

もののの芽のほんのり色づき谷埋む

波止よりの東風吹きあぐる桜木町

寄りそうて紅確かむる牡丹の芽

抱き合ふすでに色なす牡丹の芽

世田谷区梅まつり　二句

夕風の頬につめたし梅散れり

街の音ひびき梅林咲き残る

画展辞し銀座楽しき春の夕

春宵や人行き交ひて夜の貌へ

雪折の切り口未だ呼気あるや

通ひ路の雪折松ヶ枝投げ出され

霞湧き峠越えゆく鈍《にび》色に

梅の香に自づと寄りぬ一歩二歩

箱根湿生花園　三句

春の水湿原馳せる一と筋に

木橋よりはづれ寄り合ふ水芭蕉

末黒野やくつきり分かつ仙石原

野川吟行　五句

野川とぞ木橋に立てり薄暑中

夏蝶や水湧くあたり影おとし

一歩づつ古代遺跡へ竹落葉

覗き見る石組墓穴涼気満つ

大新緑われ茫茫と一人立つ

浜離宮　三句

モーター音絶えず新樹をへだてつつ

汐入りの池の面きららら夏兆す

堰を越え川水溢る若葉風

大阪吟行　七句

遊船の乗り場ビルより夏の風

橋桁の御所絵あざやか青葉風
川岸の茂りに船の折り返し
夏柳影濃き川面水都かな
京までの橋十六と風薫る
格子戸を一歩ふみ込み土間涼し
蓮浮葉ガラスにそつと手を触るる

弧をゐがく隅田の橋や梅雨深し

台船に人影しきり花火待つ

大花火五色に散りてなほ開く

山中湖村への途上　四句

裾野駈け早稲田のつづく昼閑《しづ》か

峠みち県異なれば霧の濃し

テロしきり朝霧つきて装甲車

茜空黒々として富士全容

群とんぼいつやら去りて草青し

秋めけり夕富士まとふ雲うすく

鳥羽、伊勢行　九句

崎々は曲り住みなす葛の花

人影もなき志摩浦や秋の汐

爽やかや神への調進鮑採り

フェリーで浜島へ

浜の秋女ひとりの改札に

朱の漁網繕ふ老や秋日濃し

柿熟るる漁村の朝の静もりに

伊雑宮

神稲田色よく黄ばみ風渡る

伊勢正殿の隣に

古殿地に小社鎮もる秋暑き

行人みな赤福さげて伊勢は秋

湿原の尾花はこぞり陽に向けり

捨てかねしどんぐり並べ句作の間

町騒も消ゆ秋天に鳥の声

「暮しの手帖」句会

百年のキルトの赤や秋の昼

鳰一羽自在に失せてま昼かな

鋭角に折れもつれ合ひ蓮枯るる

枯蓮や千古の由来しかと読む

石蕗さかり小流れの音何処より

神木太し藁の香の立つ注連飾る

平成十一年

元日やなす事もなき身の置き処

わが歳と同じに古りし屠蘇朱盃

なつかしや大根ぶ厚き母雑煮

手鞠唄ふと思ひ出し二つ三つ

コート長く靴底高き娘らと歩す

初凪によき年願ふ思ひのみ

マウイ島越年　九句

元朝の船影常の日のごとく

海いろの濃淡いくへ初凪げり

新年の挨拶交はす肩寄せて

兎の絵描かれ元日メニュー来ぬ

初入り日いま消えんとし海を染め

ロゼワイン注がれ異国の年酒かな

黒点のごとサーフィンや春の夕

春宵や朱に染む入り日海の果

春灯のもと晩餐に海風強し

バレンタイン地階こぞりて活気満つ

誌友二人相つぎ失ふ

四温の日一瞬にして天に発つ

奥湯河原　二句

山裏を抜け梅見へと馳せ呉るる

梅林は遠し麓に立ちつくし

碑に添ひて枝垂るる梅のいくとせよ

三月の山中湖村　三句

音とだえいつしか雪よみな黙す
薪につく淡雪払ひ炉を燃やす
くくと鳴く鳥の声らし雪はげし

忍野村　四句

すでにして春水走る峠みち
アルプスの峨々と連なる雪いだき

村々は低く寄り合ひ春浅し

戸を閉し商ふ店や残る雪

中央高速は至るところで工事中

ロボットの振る旗ゆらり春の昼

一宮町

桃の丘わづかに花の色残し

八ヶ岳山麓　三句

落葉松の芽吹きの道の地平まで

夕日いま高原を染め連翹も

指し示す南アルプス雪の映え

花影にかくるる仕草春の鳥

松山吟行　五句

瀬戸の風吹き抜くや玉葱の畑

谷若葉遍路二人の見えかくれ

薄暑みちやうやく辿る砥部の窯

並び座す轆轤ゆるりと夏めけり

はるか来し伊予の麦秋極まれり

初夏すでに肩あらはなる娘らの街

小石川植物園　二句

見返れば台地の新樹空を占め

資料館荒るるにまかせ若楓

米国旅吟　十二句

太き手もて切符渡さる冷房車

庭奥のプール静かに水動き

ここちよし葉ずれ涼風身に及び

マンハッタンいささか暗し花火待つ

花火ひらくビル数千を圧しつつ

大花火その一瞬は座の黙す

ワイン注ぐ主きびきび夏の卓

シースルー見事な女夏サロン

朝市やダリヤ百花の溢る壺

木洩れ陽を浴ぶるカップル半裸かな

蔦覆ふ学園塔や夕陽濃し

夏夜明るしロックの響く大学舎

月見草母と歩みし騾馬の道

ちちろ鳴く稿は遅々としペン握り

草枕俳句大会　熊本　二句

降り立てり肥後路の秋のただ中に

夜目しるき城の威たしかか柳散る

阿蘇山　二句

冷まじや吹き上ぐ風に身をとられ

一木もなき千里かな暮の秋

露草の雨滴こまかに光り合ひ

湧き流る霧やにはかに身をつつみ

東福寺　四句

谷深し紅葉の枝のもつれ合ふ

紅葉寄す歩廊の長し開山堂

方丈の縁に坐す人紅葉酔ひ

山茶花の紅白咲きて僧住まふ

松園句会十周年

紅葉晴れ十年の句座ここに得し

嵯峨野への古道暗きや冬紅葉

平成十二年

十二曲り越え頂上の初日見む

齢重ね思ふは父母との雑煮膳

香も色も淡きがよしや切山椒

陽の及ぶ場の移りゆく福寿草

もろ手あげ伊勢海老なほも赤くなり

マウイ島二〇〇〇年の越年　四句

年の夜の花火にかける玉やの声

母招く話さらりと三日かな

冬月細し波音遠き主食堂

鯨待ち春の岬に人集ひ

一と言や梅の香よきと交し合ふ

花しべに寄る鶯をまざと見し

新宿ホテル上階より　二句

ビル群をへだて丹沢嶺々霞み

我も住む春光の街犇ける

井の頭公園　二句

水草生ふ子鴨胸張り何処指す

縄文の遺跡立札暮遅し

楓の芽すでに濃き朱や弾きそむ

パンジーの花弁拡げつ陽にま向き

汀女展のため遺品を俳人協会へ　七句

幾とせを母とありしか春疾風

うららかや机辺のこものみな愛し

硯箱若葉影さす座机に

春灯下筆持つ母の肩細し

春深し句につながれる縁とは

遠き日の話は尽きず春惜む

暮春かな心優しく相会うて

佐藤脩一氏急逝　二句

ただ悲し手擦れの遺品青葉風

逝きしこときりなく想ふ明易し

かがやける夏野もとめて歩まれむ

山の朝届く野菜に百合も添へ

虎の門周辺　二句

印刷局扉はひたとつつじ垣

濃き淡き青葉を透かしビル林立

わが家の小路

花買はなフェンスより摘む花大根

近江八幡　十句

折れ重ぬ青蘆分けて舟すすむ

葭切の声かしましき両舷に

青蘆や櫓のひとこぎに身を託し

蘆茂る水路せばまり葉にふれて
指し示す葦原かなたの城址かな
茫々と青蔦のぼる瓦窯
商ひの通り京へと向き薄暑
商家蔵残る石みち杜若
白壁の夕影映し夏の川

左手《ゆんで》には麦秋つづく帰路はやし

花ぎぼし咲き立つ日々や人恋し

溶岩《らば》の道蛍ぶくろの地に這へり

もろこしを三本置きて去る庭師

忍野村湧水　二句

ゆらゆらと藻の池蒼く夏野来て

底なしの池の傍ら新蕎麦挽く

富士吉田市浅間神社　三句

神前の大樹にふれて清水汲む

石畳暗き参道大夏木

奥深く御師《おし》の宿見ゆ百日草

わが歳と相似し人ら秋彼岸

十二年植樹の伸びや墓掃除

掃苔や思はぬ場より曼珠沙華

誰が供ふりんだうや濃き日に映ゆる

野川公園　四句

花終へし擬宝珠座を占め崖《はけ》のもと

みぞそばの淡きが優し心解く

直角に折れつ数珠玉実をなせり

若きらと楽しき句作烏瓜

ウィーン旅吟　十一句

朝寒や七時を知らす鐘に覚め

ツアー客一夜の泊りロビー冷ゆ

秋嶺や雲湧き流る町つつみ

青銅の尖塔てらふ秋の晴

白き馬車人らの笑みよ秋の晴

馬洗ふ池あり泉湧きあふれ

城砲台秋陽一条丸窓より

爽やかや女王好みし黄の館

蔦館チロル料理に刻忘れ

ザルツブルグ

離宮閉ぢ秋水湛ふ湖広し

城の最上階でのコンサート

一曲のすみて冷たき夜風吹く

浜離宮　三句

太き綱投げて船寄す秋驟雨

大都より閃光駈けゆく秋の雷

離宮裏秋汐満ちてマスト揺れ

蘆花公園　三句

波乱多き蘆花一代や薄紅葉

空覆ふ櫟紅葉や夫婦塚

旧居辞し辿る萩咲く花の丘

鷲神社一の酉　三句

参道は眩ゆきばかり熊手満つ

かけひきの値の定まらず大熊手

法被の子冬日に眠り店の番

箕面　三句

谷埋め枝差し交はす大紅葉

みやげ屋の嫗暮るるに紅葉揚げ

友らみな上気の頬やぼたん鍋

能登行　三句

時雨るるや一夜の奢り夢として

朝明けの漁舟にまとひ千鳥二羽

湾凪げる彼方はすでに冬構

自然教育園　四句

寒禽や仰ぐ樹間に声交はし

実むらさき踏むには惜しき道つづく

すくと立つ蒲枯れ太き鉾残す

はるかにす枯木横たふ水の面

東京都庭園美術館「ルネ・ラリック展」二句

邸に入る白きレリーフ冬木立

松に雪の細工のティアラ誰が着けし

平成十三年

神戸・生田神社　四句

大鈴を振りて詣づる小春かな

新宮の朱も鮮やかやや春近し

小稲荷に長き願ひの冬日中

伸び極む生田の森の二月かな

有馬　二句

はるかなる有馬山系雪残す
源泉を訪ね町裏冴え返る

赤坂「虎屋」の雛展覧　四句

人ら寄せ京雛凛と在したり
そこはかと妖気漂ふ雛の段
雛飾るビル中庭に祠見ゆ

このひと日雛にかかはり果てにけり

世田谷区梅まつり

夕迫る梅林白き靄包む

紅梅の落ちて花芯のなほ赤く

紅白の梅花びらを拾ひ来し

声あげて告げたき思ひ物芽出づ

囀の高低背にし語らひつ

一と日づつ約束果し水温む

小石川後楽園　五句

春うらら葵の紋の築地塀

樹々の影春光わかつ大泉水

春愁や石組まろき唐門跡

梅林の花の遅速もまたよけれ

ま青なる竹拡げられ垣繕ふ

清里　六句

わが視野に山塊迫る東風の駅

うららかや降りたつ人ら散りゆけり

急峻の北岳に見ゆ春の雪

春光まぶし南アルプス嶺々厳と

窓を占む南アの嶺々や春深し

双眼鏡廻し霞める富士捉へ

寮閉鎖芝桜のみのこりをり

一声をあきらかにして去る老鶯

富士残雪あらはや風も冷たかり

夕昏れていよよ妖艶富士桜

来し方を語り歩めり園五月

夏鴨の散りては沈む夕の池

緋を極むつつじ明りや水を染め

新緑の色濃き今よ本牧台

鎌倉士友会　二句

ややうくに訪ね来し荘えご咲けり

旧友の談笑聞こゆ梅雨の夕

浜離宮　四句

栄華偲ぶ藤棚の橋渡りゆく

卯月かな汐寄す池の満ちて来し

新緑の色重ねつつ園も古り
つつじ濃く船笛低く響きゐし
睡蓮一花わが歳月に重なりし
鳥声を疎みつ選句青葉中
寺門閉づ青葉影落つ夕べかな
猫さがす札紫陽花の傍らに

米国旅吟　十六句

女神像見ゆと片蔭もどり来し

波止暑き祝日ここに人集ひ

橋まぢか髪吹かれ立つ白南風に

帆船に小旗連ねて雲の峰

ブリッヂは長き弧を描き南吹く

支那町の賑はひ日盛りマンハッタン

高階のビル金色に大西日

国連本部

地球自転の振子見あぐる日焼子と

汗ばみつショップの募金一ドルを

イサム・ノグチ美術館　四句

蔦茂る静謐の庭に誘はれ

オブジェみな処得たりて炎天に

夏草のそこのみ刈られイサムの墓碑

和紙明りかすかにゆらぎ灯涼し

馬車着きし階の高きや夏館

窓よりのハドソン茫と風涼し

緑蔭や住みなす五代贅つくし

翅うすきとんぼの低く草に触れ

朝霧の晴れ迫り来し八ヶ岳

野萩咲き深き谷へと道続く

甲斐のくに一望にあり芒原

穂の赤きも交じへ高原初芒

赤松の幹照り翳り蔦紅葉

忽然と秋蝶現れて沢深き

秋霞連なる嶺々の名覚えず

目黒界隈　七句

色鳥いづこ林試の森の雨激し

樹下暗しせせらぎ橋へ落葉踏み

プラタナス聳え秋霖さへぎれり

お静地蔵いま木犀の香のなかに

秋天を突くごごと急や行人坂

秋さくら咲かせ老舗の軒つらね

骨董店並びし甕に秋雨満つ

志賀島　四句

秋夕凪島影黒く昏れ急ぐ

残照の輝き浜に枯芝に

どの崖も石蕗群生の道細く

湾へだて博多秋灯きらめけり

草枕俳句大会　熊本城　三句

雨はげし山茶花色を失はず

山茶花を咲かせ城壁なほ聳え
秋水に映ゆ長塀の白眩し

あとがき

『和紙明り』というこの句集名には、私にとって格別の思いがある。
二〇〇一年七月、まさに九月のテロ直前に、毎日新聞社主催によるニューヨーク吟行に「風花」の諸氏と共に加わった。その折、クイーンズ地区にある「イサム・ノグチ美術館」を一行と共に訪れた。二階の部屋いっぱいに、彼の創作である和紙の行灯がゆらゆらと揺れつつ光を放っていた。遠い米国の地でそのさまを見た私は、日米の狭間に生きた彼の心が伝わりくるような感動を受けたのだった。

省みると、あちらこちらを句友と共に駆けめぐった句ばかりである。これも私の記録として残して置きたくまとめてみた。

これからは少し落ち着いて、じっくり深い味のある俳句を作れたらと願っている私である。

このたびの制作にあたって、梅里書房になみなみならぬ御助力を頂いた。心から感謝申し上げる次第です。

二〇〇二年初夏

小川濤美子

第三句集

来《こ》し方《かた》

第三句集『来し方』

平成二十年三月六日、角川書店刊。四六判上製貼箱入り。二〇八頁。定価（本体）二六六七円。一頁二句組み。平成十四年から平成十八年までの三六九句を収録。

平成十四年

島へ通ふ船影も消えお元日

窓開き一望の海初凪げり

年酒とてワイン注がれし杯をあげ

車窓いま雪空となり関ヶ原

京を過ぎ家居の低き雪野かな

春寒し六甲おろしに吹かれ立つ

波止花壇錨のマーク浅き春

節分の慣ひ寿司食ぶ厄よけと

行人の顔なごやかやや昼ぬくし

西宮市「夙水園《しゆくすいえん》」にて松園句会

常のごと椿咲きをり主《あるじ》なし

句友みな揃ひ親しき春立つ日

立春の陽のあまねきや縁深く

男子寮花鉢ならべ春めけり

春の芝松影映し昼しづか

九品仏かすめるあたり人往来

南房総

一と握りポピーを摘めばすでに萎え

藁づとに包まれ紫金魚草

丈高き金魚草買ひ抱き持つ

杉山の枯るる斜面や余寒なほ

倒木の露《あら》はなるまま春の土

街道を抜けゆく村や風光る

より合ひて暮す民家や花大根

草餅の色濃く美《う》味《ま》し大ぶりに

菜の花や家紋くつきり威を保つ

牧牛の寄り合ひ群るる大緑蔭

牧場の丘の起伏や草茂る

夕立来る背山たちまち失せにけり

米国旗かかげ入口大夏樹

牧の町虹すつぽりとつつみゆき

一望の海の照《て》らひや夏夕日

行人のわれもひとりよ梅雨の晴

画廊より百花溢れて夏きざす

夜の膳羅《うすもの》軽き身のこなし

マウイ島パーカーランチ　六句

邸まで並木の傾《かし》ぎ南風吹く

炎天やジャカランタ大樹花こぼす

ばら手入れ老のハワイの人黙と

居間狭く遺愛の杖と夏帽子

夏まひる日照雨の常に大牧場

烈日のテラス蜥蜴の背の白し

咲き残る擬宝珠の花の丈高く

夏落葉しきり音なく降りつづき

目路よぎる秋蝶黒き翅見せし

秋草のなべて日に向き傾ぎけり

夏富士の山肌露は全きに

颱風の雨叩き打つ日もありし

森黒く一灯もなき秋の夜

競ふかにコスモス咲かせ村しんと

青芝は月見草立つ野となりし

夕待たで花ほつかりと月見草

富士荒《あれ》地《ち》木槿は育つ朱も白も

螢袋つゆ草がくれ花ひらく

くれなゐの点弓なりに水引草

歩み来て栗落つ道の暗きかな

園一歩柳大樹の散りはじむ

敗荷の動きかすかや陽を返し

サリーまとふ人ら陽気に鴨寄りて

花終へし萩しだるまま踏み行けり

塔のぼる坂みち湿り竹の春

海に向く勾配けはし千草咲く

水漬きたる枝より始む薄紅葉

返り花つつじとまがふ白なりし

めぐり来て金銀木犀香を放つ

原邸の門の錠錆び木の実落つ

草枕俳句大会

霧しまく阿蘇の空港賑ひて

家々の菊枯るるまま肥後路ゆく

熊本城城まつり　三句

時雨止まず長塀白く城かこみ

祭《まつり》旗《はた》城への橋に時雨急

天守閣銃眼秋の風抜けし

河内町

武蔵墓所ありと小暗き落葉径

雑木黄葉河内へ向かふ幾曲り

峠越ゆ明るき村や蜜柑生《な》る

味見よと両手でつかむみかん五個

小倉吟行　十句

レトロ街海風はげし夕時雨

門司港の館《やかた》明るき冬灯

旧三井倶楽部を訪ふ

大正のロマンの家具や冬うらら

アインシュタイン夫妻滞在せしと

短日や写真はセピアにほほゑみて

冬波のきらと跳ね橋全開す

東西に岐れ冬汐疾く流れ

観測船渦巻く中に瀬戸小春

若布刈公園の汀女句碑「延着といへ春暁の関門に」

母ここに在ますや句碑の辺薄紅葉

町裏の小路たどりて河豚の鍋

人らみな浮き立つ日々よクリスマス

日本より持ち来し輪飾りドアに掛け

十二月三十一日の夜十二時ぴつたりに海より花火揚ぐ

椰子揺れて花火五彩の年の夜

平成十五年

マウイ島にて新春を迎ふ　四句

カップ一椀年越そばを運びくれ

ウェイターらアロハ新しお元日

初晴や背山くつきり陽を映し

買初はパパイヤシードの瓶二つ

なすべきを果たし春待つ己かな

山笑ふまでに至らず富士裾野

となり村はや動き出す春田あり

去年よりの春風邪といふどの人も

稿を書く東風の街へと心向き

東京都中野区、三井文庫に徳川家の雛を見る　三句

面伏せる古代の雛の持つあはれ

雛道具家紋ちらして贅《ぜい》つくし

四季の花刺して打ち掛け雛の丈《たけ》

哲学堂公園

碑《いしぶみ》の文字のうすれや余寒なほ

沈丁のつぼみの百や硬きまま

風に揺れ柳の芽吹きやや青く

春昼の月島小路戸をとざし

もんじゃや焼ならぶ町並木の芽吹く

佃島　四句

水温む水路曲りて澱みをり

海運を頼みし社梅も古り

船宿と木札ゆれをり東風の夕

曇り買ふ佃煮の蕗つややかに

京都吟行　八句

春昼や村人谷に寄り添うて

花未だ杉山ほそ道辿り来し

一山の貫主は俳人のどけしや

髪結ひて簪《かんざし》も揺れ知恵詣

花見船浮べひつそり保津の川

かんばせも御手も苔むし草青む

夕されば寺領も淋し椿落つ

ぼんぼりの春灯淡し湯豆腐屋

折れ伏してなほ万の花富士桜

今朝の晴老鶯しかと声放ち

栗鼠の飛ぶ芽吹きの枝を撓めつつ

肘の破《や》れ母の籐椅子の古りしまま

ふと目覚む林しらじら明易し

雨一と日夕べ薪焚く冷えもあり

新潟・豪農の館　二句

当主七代語りつきずや青葉中

「かどどぞはいまも真白に青嵐　汀女」（「かどどぞ」は角土蔵のこと）

風薫る母の碑なつかし文字細く

佐渡　四句

島の人みなおだやかや桐の花

一望の青田空まで続くかに
鬼太鼓夜涼の人を集めけり
憂ひあり差す手しなやか冷えまとふ
黴《かび》もまたよしと思ひつつ拭ひ居り
老鶯の鳴き交ふあたり背に歩む
夕迫り老鶯一と声あらはにす

神戸句会　六句

荷の重き階の高さや梅雨の駅

くろぐろと梅雨雲稜線かくしつつ

梅雨はげし海鈍《にび》いろに空もまた

巡視艇揺れやまずして梅雨の波止

梅雨湿り街はセールの文字躍《をど》り

この日終ふ夜濯わづかやすらぎに

吉田火祭　五句

夕晴れて富士忽然と火の祭

霊山を仰ぎ火祭町こぞり

大松明《たいまつ》身に浴び祈る火の祭

己が家も薪積み共に魂送り

芒祭赤富士みこし子も担ぎ

貴船「右源太」にて　五句

千年の時経し山や爽やかに

岩に砕けし瀬音はげしき秋の川

貴船川床《ゆか》青竹太く座をかこみ

手を浸し秋冷ひしと貴船川

膳運ぶ娘らの衣淡く秋灯下

阿蘇　二句

はてしなき穂芒の道人影なし

阿蘇五《ご》嶽《がく》全容見ゆと暮の秋

草枕俳句大会、城まつり　四句

天守へと初冬の坂のきびしかり

城銃眼《じゆうがん》のぞく四角や町は黄葉

短日や蔀閉ぢゆく廊暗く

長塀の白くつきりと草紅葉

江津湖　二句

魚影追ふ親子の姿湖小春

水きらら萍紅葉ところ得て

人途絶え夕べ虚ろな冬木道

風荒ぶサキソフォン吹く少女かな

浜はるか花火打ち揚げ年を越す

平成十六年

太平洋波いろ重ねお元《ぐわん》旦《じつ》

新春やジョギングははげむカップルよ

すしバーに賀正の文字のおごそかに

故里の蕎麦打ち持てり年始客

御降りや牧師は島人《しまびと》ウエディング

春著美し祝宴の楽夜も更けて

淡路島　五句

陽の照らひ椿の垣にあまねかり

耕し終ふ段畑谷に静もれり

縄に結ひ干さる魚や春の磯

若布ブイはるかの波に浮き沈み

春疾風人らかけこむ展望台

箱根

朝の雲夕雲色変へ山笑ふ

一瞬に木々みな隠し春の霧

春昼の人途絶えたるロビーかな

ふつくらと木の芽のほぐれ我もまた

武蔵野の風吹く園や春の昼

村こぞり梅見の客のもてなしに

賑はひをはなれ細道野梅の香

吉川英治記念館　四句

文豪の偉業やここに梅盛り

遺愛のペン鈍く光りて梅古木

梅の庭のぼりて書斎静もれり

丹念に草抜く老は梅のもと

わが前に若葉青葉の寄す力

若きらは半裸のファッション朝も夕

聖五月神父来訪と晴れやかに

家人思はぬ入院　六句

薔薇一輪十字架も置き窓明るし

配膳車大き音立て初夏の昼

大都の空夕焼雲にふと黙し

病篤き部屋の灯細め短き夜

眼にあふる涙見ぬふり夕薄暑

夜ごと過ぐネオンの街の夏きざす

はるばると茂木枇杷届く情けかな

淡路島　伊弉諾神宮　二句

神在す青葉の楠の畏けれ

天を突く若葉がくれの千木《ちぎ》拝す

「風花同人会」ホテル阿那賀にて

はてしなき海を背にしてオリーブ咲く

刻々と海霧《じり》湧き失せり鳴門橋

弧を画く橋を彼方に夜釣の灯

夏の月淡くかかりて娘を思ふ

淡路人形浄瑠璃館　三句

お弓人形囲みて写す夏帽子

遣ひ手はよき青年よ阿波は梅雨

引かれ引く母娘の絆若葉風

夏汐の満つや大渦午後三時

吹き上ぐる青渦汐の光り合ひ

老鶯の二た声放ち去り行けり

ふと見しは夏鶯の小さきこと

どの道も螢袋のいま盛り

茎細き釣鐘草の花重く

箱根路をはるか輪に入れ虹の立つ

青田沿ひ曲りまがりて山深き

出帆のヨットの手入れ湖静か

門前に井桁の薪積み魂送り

吉田火祭鳥居のはてはは黒き富士

火の海と化して町並鎮火祭

朝露踏み富士全容に相対す

山肌の荒々しさよ富士晩夏

夜にそなへ歩荷《ぼっか》青年談笑す

下山道ふいに花野の草百花

神戸句会　六句

空も海も色変りきてやや寒し

巡視艇連ねて出でゆく波止の秋

台船の曳かれ移るや秋の暮

半月の淡くかかりて海黒く

ネオン眩し夜の泊船も秋灯す

夜寒かな終りなき海一日果つ

山中湖山荘

落葉みち踏みて遠富士あきらかに

留守の荘リース飾られ聖夜待つ

枯草に売地札のみ高く立ち

箱根に娘と一泊

電飾をくまなく点し宿の冷え

落葉一片浮く露天湯に石の艶

紅葉背にワイングラスを交し合ひ

残業の窓に人影十二月

平成十七年

美しき肌もあらはや寒の星

暮早し燭細き卓海に向き

別れの握手強く冷たく冬の月

古芝や大樹のみ知る来し方を

ばうとして霞める港都影薄く

雛飾る父母との暮し娘に語り

顔《かんばせ》の欠けし雛らとその歳月

春の雪しきり街音消えにけり

山嶺をかくし春雪舞ひつのる

三浦漁港　三句

魚市場耀り終へしんと風光る

路地裏の石道春の海へ抜け

干されある花烏賊あはれ身を伸ばし

米国・ハワイ島

島暑し入国迎ふ老ギター

路傍みな黒き溶岩極暑かな

滞在のベイ・クラブに着く

椰子茂る館《やかた》なつかし人もみな

朝《あさ》涼《すず》のテラスの夫婦低き声

夕空にひびく唄声夜涼まで

山上の「パーカーランチ」のあるワイメアの町

霧しまくジャカランタの花いま盛り

口系夫婦故国も知らずハイビスカス

折から母の日を迎ふ

母の日や男老若花を待ち

ばら一枝捧げ車上の人となり

緑濃きはてなき大地踏みしめて

空澄みて色鮮やかや北の夏

行き交ふは苗木抱へて園の夕

家ごとにルピナスつんと花かかげ

夕涼の道庁に見る開拓史

象徴の時計台なる白夜かな

青嶺かこむラベンダー一望色づけり

「島松」の地を最後に北海道を去るクラーク氏

島松の宿クラークの青田あり

神戸句会

六甲山越えてハイウェー風薫る

丹波篠山

四囲低き山連なれる丹波初夏

植田水山影映すかに澄めり

田植苗遅速のありて伸び並ぶ

町いまだ覚めやらずして菖蒲咲く

燕出入り雨戸閉ざせる廊暗し

家老屋敷「如月庵」
夏座布団勧める青年昼餉どき

早朝の富士まぢかにす秋の晴れ

山肌は荒々しきや富士九月

満月や灯のくつきりと登山道

肩に触る花芒まだやはらかし

どの道も人影とだえ胡桃落つ

雑草にまぎれ伸びをり水引草

夕迫り蜻蛉舞ひ初むゴルフ場

丈低き庭の竜胆踏むまじく

山中湖畔「風生庵」四句

句の放つ心に触るる千草咲く

富士百句入りし桐箱秋の灯に

華麗なる字に魅せられつ花芒

風生も眺めし湖や丘花野

忍野八海　四句

村道の蕎麦畑白くはてしなく

小流れにクレソン生うて秋日濃し

おどろなる底なしの池秋暑かな

もろこしも売られ池への細き路

洛北吟行　十句

信仰の本堂遠し落葉道

禅僧の運転ケーブル枯葉積む

降り立ちて老杉一望秋の色

谷深き参道に見し枯薊

行く山の倒木無残枯るるまま

初冬の陽樹間に斑《まだら》濃く淡く

京おく山九十九折の坂黄葉

秋明菊咲かせ花《はな》背《せ》のロッジかな

水清き落人住みし地紅葉散る

大悲山行者の石段初時雨

平成十八年

一日の朝は恒例のおせち膳出づ

いと小さき餅煮くづれし雑煮椀

ごまめ二尾金粉まぶしおごそかに

観光船魚見る島へお元日

初凪ぎの海と空のみ視野を占め

アロハ派手年始の挨拶ベルボーイ

大いなる初日消えゆく水平線

新春の落日一瞬雲を染め

六甲山嶺かくせる雲や余寒なほ

春雨やメリケン波止場音の絶え

船影まばら人らも失せて春寒し

世田谷区梅まつり　三句

青年も句座に加はり春日向

梅見びとみな厚着して行き交へり

老梅の幹黒《くろ》々《ぐろ》と花二輪

三月六日、わが誕生日を迎ふ

わが歳を思ふなかれとスイートピー

せせらぎに立つ白鷺や水草生ふ

朝ごとの春禽番《つがひ》水を浴ぶ

暖かや朝より鳥の来て弾む

皇居東御苑にて

濠石にならべる亀の鳴き居るや

寄りて見る名札花房馬酔木咲く

城壁の石鋭角や土佐水木

京都吟行　十句

降り立ちし京の街並春寒し

辻に見る古きよき名や花未《いま》だ

嵯峨野、広沢の池近く桜守として有名な十六代、
佐野藤右衛門の庭を訪ふ　三句

門《かど》一歩大樹の桜はや満枝

心情の移りしごとき花咲かせ

桜人仰ぐ古木や幾世代

元宮家別邸、吉田山荘にて句会　二句

うららかや京の空占む東山

縁温し三十六峰くっきりと

清水寺、ライトアップ　三句

押し押され登る階段朧かな

舞台より見下ろす夜桜ほの白く

ふり返る春夜の伽藍輝けり

山の春色なく林枯れしまま

ほんのりと色づく枝や富士桜

全容を現はす富士や雪七分

触れるのみ一花も惜しき豆桜

晩春の山やうやくに目覚めたり

亭々と青葉の森は空を突き

御殿場　秩父宮記念公園　四句

殿下なき邸守る桜四本とや

梅雨晴や百花華麗な妃の衣

愛されし母屋に入るや梅雨の冷え

四囲若葉リュックの殿下富士のぞむ

百千鳥鳴き交しつつ樹々高く

三十年ぶりの雪害いたるところにあり

大木の重なり倒る忘れ霜

うつむきて花芯色濃くひしめきて

つかのまの花の盛りよ花片舞ふ

隣村へ峠降れば田打終へ

ひたひたと植田の水や陽を映し

植木市苗選る人ら我ともに

あきらかや老鶯の声全うし

夏野行く秩父札所の堂も古り

下闇や六角経塔廻し押す

札所旅籠《はたご》名は一番と草茂る

夏霧の湧き出づ刻《とき》や午後三時

雨に伏す釣鐘草の色も褪せ

数万のコスモス揺らぎざわめきつ

展望すダリア畑や黄に赤に

秋蝶の小さきが畑を出つ入りつ

芒はやなびける道をひた走り

秋草を机上に盛りて心満つ

森を抜け朝の湖畔の冷ややかや

どこもかも露草茂る裾野道

神戸句会

有馬路をひたすら駆けり秋の暮

紅葉寺未だ色なき樹々囲む

一夜明け霧濃き町の一隅に

末枯れの六甲山頂陽の強し

路傍なるあぢさゐロード枯るるまま

山路くだる港都はるかに葛の花

神戸港に、はからずも客船「飛鳥」停泊す

鰯雲はためく百の万国旗

魅せられし「飛鳥」優しく天高し

船笛の響き出港秋の夜半

朝寒や川面をのぼる鴨の列

奥嵯峨野を抜け、「柚子の里水尾」に向かふ

嵯峨みちの竹林丈なす冬立つ日

やうやくに集落見ゆる石蕗の花

谷深く柚子の黄埋む水《みづ》尾《を》村《むら》

草枕全国俳句大会　汀女賞のため熊本に赴く

城かこむ銀杏黄葉は天を突く

大銀杏城との死活四百年

冬濠に石垣鋭角そびえ立つ

漱石居に赴くも閉館

のぞき見し洋館枯蔦小さき窓

汀女母校の第一高等女学校、清香会を訪ねる。
「夏雲の湧きてさだまる心あり」の句碑を仰ぐ　二句

導かる句碑への階の落葉濡れ

母の文字力漲り冬暖し

校庭敷地には遺跡多く残れり

枯葉踏み荷役をしのぶ坪井川

江津湖よりの流れに沿ひ刃物の町、川尻に向かふ

鉄鍛《きた》ふ青年ひたすら町小春

初冬かな手毬にのこる肥後の技

あとがき

その日、その時に追われ過しいるうちに、歳月は重なりゆき驚くほどの早さを知るのであります。その貴重なときを忘れさせることなく残してくれたのがこれらの俳句であることを、改めて思うのです。

まことに忸怩たる一句ずつですが、私にとっては貴重なものと感じられます。母亡きあと早や二十年を数え、「風花」も六五八号となりました。私自身も母の年齢に近づきつつあり、今日まで多くの方々に支えられて、庇護のもとに歩み来られました。

多大なる恩恵は忘れるものではありません。心よりの感謝をこめて、句集をまとめ得たことは有難いことに尽きます。

平成二十年二月

小川濤美子

第四句集

芒《すすき》野《の》

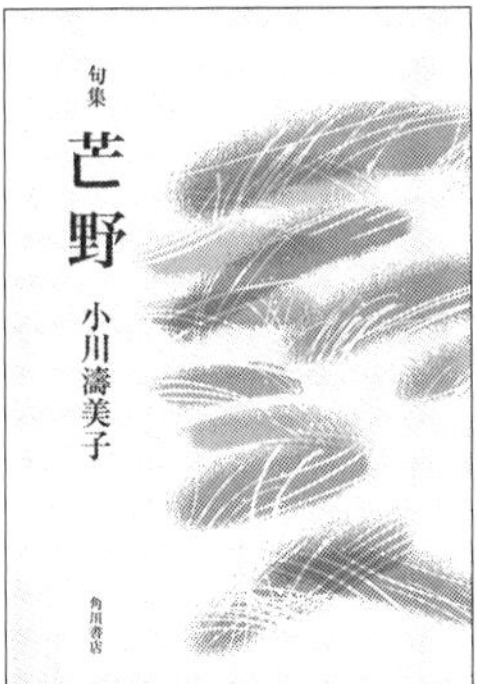

第四句集『芒野』

平成二十四年七月二十五日、角川書店刊。四六判上製カバー装。一六二頁。定価（本体）二六六七円。一頁二句組み。平成十九年から平成二十三年秋までの二八二句を収録。

平成十九年

数ふなかれわが齢など去年今年

初暦十二ケ月の花美くし

三寒にもどりし今朝を身構へり

冴ゆる夜の夫の寝顔のか細さよ

闇空に飛機の尾灯と寒月と

流れくる風に吹かるる寒の雨

寒雀枝に隠るるほど小さき

蕗の薹青きころものやや固し

ひとしきり話題は皆の春の風邪

春潮をめぐりゆく船小さく消ゆ

潮風のいづこより吹き樹々揺らす

ふと見やる蕾ふくらみ春隣

句会果て何やら淋し春を待つ

列車過ぐその一瞬や花菜風

春昼や人ら交錯副都心

句座かこむ大都の霞見下ろしつ

庭の池、水尽きる

干上がりし池底に動く蝌蚪あはれ

坂なべて桜咲き満つ今日まさに

静もりし桜並木に門を閉ぢ

子ら遊ぶ桜まつりをよそにして

芽吹きまだ木々やうやくに目覚めけり

真盛りの連翹の黄際立てり

植木市村人持てるは茄子の苗

遠き日の母訪ふ園や若葉どき

どの道をめぐりし母か緑さす

風薫る海近きかな潮の香も

なべて緑かなた泰山木の抜きん出づ

花菖蒲しぼむ傍ら蕾立つ

丸くまるくさつき花つけ人誘ふ

梅雨めくや記憶に残る町を過ぐ

裾野町火の海となり秋の夜

燃えさかる篝火よそに月まろし

富士講の人ら祭の火に祈り

今宵もて富士への感謝祭終ふ

雨音の夜を徹しつつ台風過

山霧の一瞬にして消す谷の町

霧多き地といふ人やこともなげ

ただ見つむ霧の流れにわれありて

ロッヂの灯何やら淋し夜霧かな

野花剪る花野もとめし汀女の忌

病みてなほ明るく生きし曼珠沙華

神々の渡り来し岬《さき》秋の陰

行く秋の落暉黄金海に果つ

史跡・上総国分尼寺跡

そのかみの尼僧のくらし秋意満つ

出土品小鋏もあり秋の寂び

秋草生ふ礎石に滲む紅うすく

横浜・山手の丘

猫愛す大佛《おさらぎ》館《やかた》秋暮るる

秋日差す遺稿筆跡文字躍る

海近きメトロは深し残る秋

湯島天神菊まつり

丹誠の百花の菊や語るごと

草枕国際俳句大会　熊本市にて

冬浅き城の威極むひかれ歩す

そちこちの大樹黄葉黙す城

夕迫り城門閉づと小春の日

「秘花肥後菊」展示あり

一枝一花肥後菊咲けり花弁舞ふ

花蕊ふとく古武士に似たり肥後の菊

綱町三井倶楽部　吟行

江戸よりの木立亭々小春かな

石蕗群生大樹のもとに黄を揃へ

夜雨そぼつ頭《かしら》は老いて酉の市

おかめ笑む宝船あり金熊手

手締め派手買ひ手静かに一の酉

平成二十年

マウイ島の朝夕

視野占むる海一望の初凪げり

男の子みな畏み座せり屠蘇祝ふ

輪飾りや夫のベッドの明の春

晴れやかな招きの声や初電話

喰積はパパイヤサラダとカレーとし

松過ぎや来る年約し握手して

新春のハーブの店の賑はへり

見渡せる丘を覆ふや竹の秋

山並の幾重つらなり春霞

あたたかし旧知の人に迎へられ

春潮の風やはらかやや旬の膳

船長の東風と呟く声やさし

雨煙る港都の桜おそきかな

浚渫船ゆるり向き変ふ春の海

泊船の春灯消ゆることもなく

須磨寺に詣ず

源平の秘話のかなしき若桜

春昼や青葉の笛の黒き錆

悠久の杜うつさうと山椿

ほつこりと谷暖かき須磨の寺

ほつほつと斑《まだら》しぼりの山桜

八重桜奔放に咲き宿守るや

夕桜バスよりどつと異国人

湯の町の春灯ぼうと夜を徹し

崩れ落つ岩に陽を向き野路すみれ

地震はるか育つ牡丹一花のみ

突としておそふ蠛《まく》蠓《なぎ》暮色来て

二声三声老鶯あきらか行き行けり

たんぽぽの夜は閉ぢてをり小さき壺

京都吟行　下鴨神社、史跡「糺の森」

夏木立霊気ひしひし身に迫り

森に添ひ瀬見の川音涼しけれ

夏日高し方丈庵も開け放ち

木下闇やうやく抜けて町忙し

打水の宵の町へと別れ辞す

ホテルの窓より京全景みごとなり

大文字山の青葉に埋もれて

夏夕暮京の連山うす墨に

夏菊や野菜に添へて持ち呉れし

年重ね過せしこの地赤のまま

花こまか水引草の弓なりに

釣鐘草斜面に生ふや富士はるか
陽も落ちて野道早くも秋めけり
闇深き森のはざまに月煌々
コスモス畑四方にうねりて富士抱く
甲州盆地いづこも葡萄熟れつづき
胴太き冬瓜二つ届けられ

野路草を手折り餅添へ十三夜

穂芒や別辞短く山の駅

奥日光吟行、戦場ケ原

秋声の迫り来る野や草いとし

潮の色秋寂びへだつくっきりと

人影の深く埋れし蘆の原

竜頭の滝

紅葉満つ山より滾る滝はげし

六甲山ワキタ山荘

杉大樹小暗き道や千草生ふ
いが青き落栗踏みつ荘近き
つややかなどんぐり散るを拾ひ行く
木の間より茜染まりて秋夕焼

平成二十一年

初富士のもとに抱かれ幸を知る

元朝や番《つがひ》の小鳥飛び跳ねり

初御空仰ぎ紺青極まれり

身一つ初湯に沈め安らなり

お飾りは古木に括り荘の門《かど》

禰宜老いて破魔矢手渡す村社かな

去る日々を追はず若水迸る

神戸句会

紅梅濃し海光及ぶゆたかさに

瀬戸内の鰆の旨さ菜を添へて

有馬温泉に泊る

一夜明け早春の空雲もなく

坂多き湯町の寸土水菜生ふ

春昼やねがひ坂との名の残り

蕗の臺寺の床几に二つ三つ

雲低く残雪峨々と峰連ね

目路はるか相模の湾の春霞

枝の張りたくましきかな芽吹き侍す

大杉のもと湖へ一輪草

アルプスの山並いまだ雪抱き

眼下にす盆地に小さき夏灯し

しらじらと初夏の朝の明けゆけり

夏霧かくす甲斐一洲を包み込み

開け放つ甘草屋敷風薫る

満を持すあぢさゐ重く毬かかげ

あぢさゐの群れ分け伸びる鉄路かな

谷沿ひの道しつとりと竹落葉

大青葉迫る足許橋長く

箱根うつぎ木蔭ひそかに咲き継げり

夕膳に添へらる若葉艶の濃く

サルビアの傾ぎや山の風荒く

京都句会　六句

古都囲む山みな隠し梅雨曇

梅雨じめり妖気漂ふ池おどろ

賀茂川を越え料亭の夏灯

夏館女将の迎ふ姿見ゆ

鱧盛らる京焼夫の形見とや

幾年の話は尽きず鱧料理

山中湖山荘

夫好む庭のぎぼしをまづ手折り

夕霧深き峠くだりて墓参かな

夫、忠雄の初盆

村人の教へのこまか盆支度

盆提灯秋草淡く軒に吊り

ふと仰ぐ花野のはてに月満てり

ゆく夏を惜しむたいまつ夜を焦がし

富士まむかふ炎連ねて鎮火祭

夏山に感謝の祭り街を挙げ

娘《こ》ら子供粧ふ浴衣帯の派手

行人に異国の顔も夏の火に

火の粉浴び夜店の主声嗄らし

化粧水手にぬくきかな秋暑し

湧水を汲み来し男今朝の秋

富士偉容なべて秋草かぼそくて
裾野みち穂芒原に陽の強く
芒野に分け入りし人消え失せり
湖のはて天空高く月まろし

広島　宮島吟行

はらからの被爆伝へて照葉みち
語り継ぐ核の廃止や秋深し

平和都市川は豊かに柳散る

岩国錦帯橋

秋陽濃し行人なべて足重く

橋渡り白壁つづきみかん熟れ

山紅葉はるか高きに岩国城

武家屋敷傾くままや石蕗低く

秋晴れの海凪ぎフェリー宮島へ

漆黒の渚によせる秋の潮

秋灯にまばゆきばかり朱の鳥居

暁の宿に鹿鳴く声高く

神祀る杜深くして秋陽濃し

平成二十二年

杖《つゑ》捨《すて》橋《はし》よき名残りて注連張られ

心和む餅花淡き色揃へ

紅葉の名所「瑞宝園」

人訪はぬ冬ざれの園寂寞と

宇治浮舟園一泊

峰越えて滝つ瀬はげし宇治に落つ

苔むせる水屋に汲める若水や

越前岬

山嶺の雪まぶしめり加賀遠く

水仙の丘

潮騒の音色にそよぐ野水仙

海へ向く水仙万の黄をもたげ

越前のゆかりの作や水仙郷

東尋坊

蟹ひさぐ冬荒波に店つらね

風花の舞ふ絶壁の夕暮かな

断崖に波の花舞ひ風冴ゆる

春浅し波止場の工事音荒く

コンテナ車春塵散らし走り抜く

やうやくに春日差し来て街忙し

世田谷区梅まつり

母の句碑紅梅添ひて幾とせぞ

街騒をよそに春月動かざる

桜まだ咲き満つ箱根村静か

山峡に枝垂る桜の華やげり

一夜づつ木の芽競ひて色の濃し

山の日々春雨煙り人も絶え

仙石原湿生花園

焼野なり痛々しきや原一望

草花の咲き出づ園に蛙鳴き

定まらぬ気温に倒る水芭蕉

丹沢の山影映し植田水

谷暗し梅雨月ばうと中天に

花菖蒲違へし色の百花あり

小さけれど空木花つけ水の辺に

仙石の草原はやも緑生ふ

雲迅し青芒の丈低くして

炎天の一歩目くるめく都心かな

緑蔭のホテルロビーの句座楽し

佃島方面に向ふ

軒並に朝顔咲かせ誰ぞ住む

炎昼や隅田川波たゆたふて

浅蜊はぜそれぞれ盛られ艶の濃き

水打ちて店は静かに商はれ

戸を出づと鬼灯太く実りをり

松笠と庭枝組みて門火焚く

乱れ咲く夏萩しだるる荘の荒れ

擬宝珠避け道おのづから平らかに

手みやげのもろこし穂先のぞかせて

高きより病葉一片地にまぎれ

良夜なれど村の荘みな閉ぢしまま

月煌々森を沈めて清らかや

赤松を透かし満月照り放つ

野路を歩す千草手折りて人恋し

雲海をへだてアルプス秋の晴れ
集ひ合ひ箱根街道秋深し
秋声や由緒ホテルの廊長く
木洩れ日の道ひた走る芒野へ
なびき合ふ尾花はてなく原埋め
百年を越ゆ姫娑羅の秋林道

秋陽濃し姫娑羅木肌赤き照り

遠山を指呼に色づく薄紅葉

平成二十三年

大阿蘇の神水汲みて年迎ふ

新年を初めて箱根で過ごす

山路ゆく門それぞれの松飾

大樽を据ゑて屠蘇受く誰彼や

園庭も淑気みなぎり樹々もまた

初景色山間はるか相模湾

一月三日、箱根駅伝

初明り走者に祈る胸あつく

一瞬に駆け抜く気鋭初御空

野水仙小高き丘にホスピタル

三浦三崎漁港

春の路地まぐろ商ふ小店かな

砂浜に干さる大根列なせり

海へ向く大地豊かや春早し

世田谷区梅まつり

やはらかき足裏の感触春の雪

母の声句碑より伝ふ梅三分

春雪の星辰堂や土間暗く

梅の句座わが半生を重ね来し

梅林へ小路の曲り湯宿まち

山頂に奇岩そそりて梅迫り

梅見終え人ら丸太に憩ふ夕

天城峠越えて辿りぬ花の町

里庭のいづこも桜家に沿ひ

京都句会

花曇行人もなき町しづか

大沢池

六十年とや風格の桜原木

肩に触る満枝の花の重たげや

京かこむ連山近き梅雨の晴

夏木立賀茂川へだて友を呼ぶ

水きらら流れなきかに夏の川

世界文化遺産　上賀茂神社

門扉閉づ巫女ら一礼夏の夕

大夏樹檜《ひ》皮《はだ》屋根社をはるかにし

古民家にひさぐ漬もの夏のれん

茄子胡瓜色よく生りて古都の畑

比叡山に赴く

秘仏みな眉目優しき夏の堂

中堂に向けて石階四葩咲く

座してなほ念ず人あり梅雨の廊

嵐山宮廷鵜飼

夏の日の暮るるを待つや渡月橋

夕闇に白丁装束夏艪漕ぐ

嵐峡の夏の川面に鵜ら嬉々と

夏夜空ひびくかけ声ほうほうと

大文字待つ一瞬の静寂《しじま》かな

秋燈を消せるホールに満つ喚声

送り火や逝きし人々今さらに

鳥兜這ふが如くに花をつけ

群がりを抜き吾亦紅道を越え

薊とてそれぞれの名をばわかち持つ

草枕俳句大会　熊本にて

亡き父母もこの秋天にありしかと

秋晴の阿蘇の寝釈迦や神々し

秋夕暮城閣くつきり灯を放つ

近藤氏の案内にて画図小学校を訪ふ

おだやかや江津湖秋色みなぎれり

一望の稲穂なびきて光るかに

秋水の流れ絶えなく句碑の辺に

汀女こみち秋の草生ふただ中を

あとがき

本年を以て八十八歳となり、皆様から米寿として祝っていただいた私は幸せを深く感じます。

常日頃はわが齢など数え思わずに過ごして来ました。その区切りとして、この句集をまとめることといたしましたが、締切に追われ急いで作句したものばかりで、改めて思い直しております。あちこちと吟行をして足跡を残し得たことは貴重なことと思います。

これからも句友と共に一日を大切にして、明るく前進することを念じております。

この句集はすべて角川学芸出版のお世話になり有難く感謝いたします。

平成二十四年六月

小川濤美子

第五句集

初《はつ》富《ふ》士《じ》

未刊句集。『芒野』以後の平成二十三年冬から平成二十八年夏まで「風花」に掲載された作品の中から、三二一九句を抄出。

平成二十三年（『芒野』拾遺）

星冴ゆる箱根の峠馳せ降る

ふと見仰ぐ冬星われに迫るかに

突として冬野に現るる光の宴

電飾の夢幻想に誘はれ

金銀の万の輝き冬灯

師走の町

わが辻や北風吹き抜くひたすらに

納め句座都心のビルの十二階

青年の重ね着ファッション町往来

平成二十四年

俳句協会新春詠　一句

岬見ゆ初東雲に心満つ

初富士や今厳かに地に対す

無沙汰われ賀状うれしく掌に余り

母の注ぐ手振りなつかし屠蘇の盃

大根のどつかと太き肥後雑煮

春の海凪ぎてひたすら房総へ

磯の町人影もなく春寒し

岬のはて燈台小さく春の夕

川岸を菜の花埋め夕暮るる

蕗の薹ひさぐ野の店無愛想

三渓園

大池に春鴨散りて動かざる

谷広し梅も桜もまだ硬く

落椿色あせしままの樹のもとに

囲炉裏爆ぜ囲むひとときの春寒し

春昼の古民家暗く廊長き

琵琶湖吟行　十句

春風の吹きだまりなる舟着場

客らみな赤きはんてん春寒し

巧みなる手漕ぎの小舟春の水

枯葭のそよぎ静かや春水路

鶯の幼き声や葭のまに

春の空照り蔭りあり水郷や

雪山の輝きはるか春湖東

春昼や刻々変る湖の色

湖霞む湖北の町の低く見ゆ

町筋の城に向かひて春の暮

捩れ花摘みて句座へと届けられ

巻きまとひ文字摺草の花いとし

軽井沢町へ

峠幾重ぽかりと現れし初夏の町

高原の町ややや活気夏浅し

並木茂る別荘閉ぢて人気なく

ホテル鹿島の森

森深きホテル静もり梅雨の晴

万緑の大樹より洩る野鳥の声

夏芝や客去り木椅子沢に向き

若楓枝差し拡げせせらぎに

緑蔭に子熊三頭現はれし

年ごとに届く青鬼灯愛しけれ

朝夕の水遣り欠かさず青鬼灯に

色づきて実梅熟せり太きかな

夏草の生ふまま庭も荒るるまま

睡蓮一花ぽかりと開く朝ごとに

池にごり睡蓮葉かげに小魚見ゆ

ハワイにて　十三句

人影もなき町並に日傘傾げ

街歩きしとどの汗に驚きつ
夏の月はるか見上げて一日終ふ
椰子傾ぐ空港の朝静もりて
南吹く女性運転巧みなり
ひたすらに海眺むのみ島の秋
朝ごとの霧雲街を流れゆく

ノースショアドライブ

高速道車に溢れ秋日濃し

やうやくに着きし村落秋の草

秋の宵ヨットに住むや犬の見ゆ

花火揚ぐ浜辺を走る人の影

卓あまた夕月のもとディナーかな

高層のホテル灯して夜の長き

あじさいの会吟行　龍名館にて

枯蔦のまとふ石塀ニコライ堂

青銅の屋根重厚に秋の晴

四世代百年の宿栗を活け

山中湖滞在

湖をへだてアルプス冠雪す

秋天に富士全容を露《あらは》にし

秋草をもとめ野道をさまよひぬ

富士薊花枯れしまま野に伏せり

黄葉の一樹は終日光り変へ

芒原はてなく靡き丈高く

京都東福寺

通天橋人ら溢れて紅葉谷

谷埋む紅葉に映ゆる朱色濃し

異国語も聞こゆ紅葉のまさかりに

遠近に佇み酔ふか夕紅葉

淡路島「ホテル阿那賀」

冬雲を背に大吊橋は島つなぎ

海凪ぎて小春の朝や漁船出づ

刻々と変る海いろ冬日燦

平成二十五年

俳人協会新春詠

初富士や身近に拝む畏けれ

箱根神社初詣

段高し進む社へ初詣

大杉に囲まれ拝す初詣

吾も買はな破魔矢目指して群に入り

箱根の日々

元朝や相模の湾に輝く陽

大樽の年酒に添へる柄杓の香

山を消し集落見えず雪ななめ

神戸ホテルオークラ泊　五句

降り立てば静かな街よ春の夕

三十階見馴れし春の海平ら

春昼や時折ぼうと船笛す

警備艇往来はげし春暮かな

客船の電飾明るし夜半の春

「松園」新年会　三句

奈良京都句友集ひて年酒酌む

前庭の紅梅ほつほつ海風に

春雨に濡れる枝々紅含み

全国女性俳句大会in北九州　三句

和布刈社の寂び古りしまま春嵐

まま見えたり新樹のもとの母の句碑

太き文字母の筆跡東風の丘

高階より街の灯きらら雛の夜
川沿ひに若葉差し交ひ京の町
かたくなに京野菜育て初夏の畑
五月晴八瀬へと向かふひたすらに
登り来て比叡近しと緑濃く
新緑の山それぞれに色違へ

清流の水音のどか八瀬五月
新緑の八瀬の里なり静もりて
迷路めくホテル豪奢や青葉中
行く方は青田の波の光りをり
吾待ちし梅雨の山々雨含み
谷深き線路に沿ひて四葩群れ

山峡のあぢさゐの色濃き淡く

林道の暗きに沙羅の花をつけ

フロントは無人のままや梅雨寒し

平穏に時は過ぎゆき梅雨しとど

山中湖山荘

湧き出づる霧迫り来て家を閉づ

あきらかに鶯鳴けり二度三度

鹿遊ぶ人なき荘の庭広し

山薊らば道に沿ひ丈低く

トマト茄子不作と云ひて届け呉れ

寝ねむとす松の大樹に月煌と

四囲の荘みな閉ぢしまま秋近し

村の家いづこも木槿花をつけ

鬼灯に水やる日課朝のひま

落ち急ぐ病葉大地に消えゆけり

らば道の叢に見し千草かな

湖畔より伝はる鈍き花火の音

村ぐらしいつか秋めく日を重ね

箱根にて

山を背に芒野台地はてしなく

秋高し仙石湿原人を寄せ

芒原高きを目指す若きらや

芒野の地に低くあり吾亦紅

赤のまま芒のもとに群れなして

行くほどに土手見上げれば彼岸花

叢を分け秋水の音もなく

ややや寒を告げるシェフなり朝の卓

「しょうざん」京都吟行

古きよき京の秘園や小春の日

鷹ヶ峰背に負ふしょうざん秋深し

洛北の北山杉に冬日燦

樹齢数百年とや初冬の日

苔むせる歴史いくとせ冬日和

台杉五百年幹わかれ立つ冬の空

庭内は三万坪とや冬うらら

絢爛と紅葉色なし庭を埋め

紅葉と落葉踏みていにしへ偲びつつ

苔やはら紅葉色づきし庭を埋め

神戸港をのぞむ

海凪げりなにごともなき秋の海

停泊船岸壁にぴたと冬初め

居留地街かつての栄え秋の夕

平成二十六年

初凪げる世界のはてに幸のぞむ

海を守る艇の往来初茜

初富士や海をへだてて尊としや

峠みち思はぬ方に初富士を

我が名呼ぶうつつの中の春の夕

春の夜やナース手にふれ去り行けり

箱根に赴く

標高も共に春雪高く積み

山肌の雪しかとあり幾重にも

春雪に埋まれし宿の薄明り
誰彼の笑顔うれしや春の宴
いまさらにわが歳数ふ春の昼
宴はてて散りゆく友や春惜しむ
血縁はみな空の彼方に春彼岸
夫選ぶ墓は芽吹きの山の上

初黄蝶よぎりて消えしいづこへか

蝶出づと春の気配をふと感ず

箱根にて選句

手に重き短冊の束春深し

降り込めて山嶺かくし春寒や

春雨けぶり白一色に山の宿

植田水輝き光り東海道

山影を映し植田の畦つづき

人はるか小さく動くや麦の秋

麦秋の黄のはてしなく熟しをり

神戸メリケン波止場

船笛の鈍く響けり梅雨の空

突堤に遊ぶ子二人梅雨曇

有馬吟行　三句

古代よりの湯は金色に竹の秋

山深く竹落葉敷く有馬の湯

竹の秋湯はたえまなく溢れ落ち

ハワイ滞在　七句

皐月の夜空港いまだ賑はひて

到着す夏雲流るるホノルルに

明易し浜へ向ふ人はやも見ゆ

島一周の車に乗る

瀧落つる山での休憩レイを編む

扇風機ゆるく廻りてランチタイム

ビル狭間芝生に遊ぶ夏の夕

肌あらは行き交ふ男女街暑し

日盛や駅の乗降人多き

ややうやくに着きし終点夏の雨

山中湖・山荘

樹々繁るかつての母の荘むなし

夜に入りてはげしき夏の雨しきり

老鶯や一と声啼きて去り行けり

村の畑百日草の万の花

夜の富士登山の灯じぐざぐに

山中湖花の都公園

いつせいに向日葵開き黄に埋めて

太き芯見せて向日葵咲き揃ひ

忍野村渓流

草深く水音のみの爽やかや

秋の瀬に釣糸投げる男見ゆ

葉のそよぎ秋めく気配感じつつ

白雲の動かざる空秋意満つ

夕富士の黒き影引く秋裾野

山荘はみな閉ぢられて秋きざす

秋祭太鼓並べて憩ひ居り

幼子も髪を結ひ上げ祭着に

井の頭公園

水辺みな若きら占めて秋意かな

ほの暗き木蔭に湧ける秋の水

空掩ふ大樹より聞く秋蟬を

蚊に注意ここも貼紙園の秋

原宿

秋暑しカフェに並ぶ長き列

伊勢、相賀訪ふ

なつかしや母との宿の秋の暮

薄紅葉村は静かに浦の凪

山に沿ひ集落の見ゆ秋入日

五ケ所浦から相賀浦へ

幾曲り浦々凪ぎて秋の声

みかん熟る庭の細道通り行く

湾に立つ真珠筏や秋深し

相賀浦の句碑

太平洋のぞみて句碑建つ秋霖に

出迎へし浦人ねんごろ秋の雨

秋晴やまぢかに拝す富士厳然

赤福をうづたかく積み冬の店

伊勢詣人波つづき冬の晴

五ヶ所浦

冬の宿五十年の歳月とや

雨しきり浦曲の冬を進み行く

相賀浦

大洋を背に建つ句碑や冬めく日

句碑よりの母の声聞く初時雨

みな優し句友より来て冬の寺

平成二十七年

東京女子医大に肺炎入院

点滴の落つ一滴や寒一日

訪ひ呉るるナース優しく冬病室

退院す薬をどかと寒の午後

病廊の朝は静まり冬日差し

冬苺つぶして食ぶる幸せや

わが家は変らずシクラメン咲き満てり

春日差し廊にやはらや梅も咲き

世田谷区梅まつり　六句

梅の丘人々集ひ途切れなく

句碑建ちて幾とせなれや梅蕾

梅の丘人影絶えずそぞろ歩す

句に対す熱き想ひを梅のもと

梅咲けど春寒の風丘にきびし

夕せまり店たたみ居り軒の梅

桜咲く隣家はひそと閉ぢられて

北沢川桜並木も老いを見せ

夕桜人影まばら花ひらき

花の下小流れ埋めて水草生ふ

咲き満てる桜は人を寄せ集ふ

ひたすらに仰ぐ桜や空青く

花見とて一人は淋し足早に

砧公園・花見す

時を得て満開の桜眺む幸

細き枝に花々つけて地にふれん

夕桜影を残して我を待つ

荘荒れてひこばえ桜のみ咲けり

風斜め花片も共に吹かれゆく

咲き終へし花芯に蜂の吸ひこまれ

花終へて日ごと色変ふ富士桜

風花同人会、ホテルオークラ東京にて

赤きばら贈られ嬉し手に重く

初夏の日や風花の幕字の太し

青葉燃ゆ共に歩みし句の道を

どの人も衣更して粧ほひて

遠くより参じ来し友夏近し

梅の実の太きが落ちて心急き

日ごと開く小さき水蓮赤と白

明易し目覚めて思ふ今日一日

短夜やカーテンわづか陽を入れて

噴火続く箱根の梅雨を憂ひつつ

梅雨寒を感じ羽織るや古セーター

病友の便りこまごま梅雨の夕

夏日差しそよとも樹々をゆるがせず

ややうくに夏草踏みて歩みけり
暑さなか花畑いささか色あせし
朝夕に老鶯高らか声をあげ
遠山をはるかに青田つづく村
人影もなく青田の盛りどこまでも
夏の蝶ひらりと姿見せ去りぬ

袋掛けぶだうの棚を左右にす

山を背にぶだうの棚のつづく街

夕焼背に坂のぼりゆくひたすらに

旱つづく青田の道を走り行く

肌脱の男と並ぶ昼のそば

法師蟬雨やみ俄に鳴く夕暮

隣村はコスモス連ねトンネルへと

庭先に束ね括られダリヤ咲く

家々に秋草咲かせひつそりと

富士霊園

夫好みし富士を仰ぎて墓参かな

小菊束ねし花を供へて墓参終へ

騾馬道を登り下りて日課とし

箱根湿生花園

木道を出でてのぞめる芒原
芒原登る人らの見えかくれ
一望の芒のぞみて陽の照りに
背丈越す芒の山や人の波
ま向ひは銀の芒の風に揺れ
過ぎし日のもろもろのこと秋の夜半

夢に見る父母との暮し秋の冷え

静岡市柿田川公園にて

富士よりの湧水ここに冬近し

人まばら古木それぞれ黄葉に

水清ら岩より湧ける秋深く

照葉道歩みて行ける水源へ

どんぐりを一つ拾ひて手に握り

散りしけるどんぐり踏みて音かすか

平成二十八年

はるかにす初富士仰ぐ幸を知る

集落を抱きて初富士厳然と

初空のもとはらからの安泰を

初詣村の社の静けさや

破魔矢受く我の心も平らかに

初夢や幼きころのことのみに

常の席に欠く人いかに初句会

思はざる初雪樹々をみな隠し

父母囲み国ぶり雑煮なつかしや

わが歳にひとり驚く年立てり

初空や真つ青となりどこまでも

はらからは皆亡き新年の淋しさよ

春寒き日々やわが身を庇ひつつ

梅蕾今朝ゆるやかにほどけゆく

梅ひらき島影絶えずひもすがら

世田谷区梅まつり

梅祭り羽根木の丘へ人を寄せ

雪ましろ富士厳然と今日の晴

富士の雪光り輝き峠道

伊豆半島河津町へ行く

天城越え伊豆暖かし春の昼

うなぎやの客少なくて花菜咲く

道端は菜の花の黄に埋れをり

海沿ひの道集落にみかん売り
やうやくに着きし箱根の春の暮
春雨のはげしさ街は人とだえ
葉桜に川ゆるやかや町のどか
葉桜の一夜で変り生ひ繁り
川沿ひの花見を目指し歩をすすめ

過ぎし日や母を連れての花見思ひ

帰宅して錠をさがすや日永の夕

囀のなほ絶えまなく聞く夕べ

別荘はみな閉ぢてをり花曇

はや若葉窓に迫りて陽も強し

山霧深く白一色の箱根山

もや深く山みな隠し雲流る
立ち込める靄終日の視界なし
梅雨入りや宿泊客の帰り行く
わが庭の茂り激しく樹々の伸び
あぢさゐや昨日に変り色あせて
わが歩み思ふにまかせぬ日々なりし

小川濤美子全句集　畢

自註

・自註現代俳句シリーズ『小川濤美子集』（平成二十五年、俳人協会刊）より一五九句を抽出した。
・句下の年号は製作年を示す。

春《はる》寒《さむ》し引《ひき》戸《ど》重《おも》たき母《はは》の家《いえ》　平元

まだ母が一人で代田の家に住んでいた。私は毎日そこに通っていた。戦後に建てた家なのであちこちが古びていたが、春寒の日の実感なのだ。

山《さん》雨《う》しとど小《ち》さきがつよく富《ふ》士《じ》桜《ざくら》　平元

山中湖の古い家を知人のつてで手に入れたのだ。富士桜という名もそこで覚えて、庭に一本の富士桜があった。

囀《さえずり》やわが歩《ほ》とともに進《すす》みゆく　平元

森の中で、まるで私と一緒にさまざまな鳥の声を耳にしたときの感じである。

灯《ひ》に浮《う》かぶ古《こ》城《じょう》と森《もり》や短《みじか》き夜《よ》　平元

娘と私共夫婦がかねての希みであるイギリスに旅をした。ホテルの窓からは、まるで絵のような古城がライトアップされていた。

町《まち》裏《うら》は警《けい》固《ご》きびしき大《おお》花《はな》火《び》　平元

隅田川沿い、ほんとに窓のすぐ下に川がある方から毎年さそわれて、ほんとに火玉がとび散る場から花火を見た。そこらあたりの街の様子。

夏《なつ》草《くさ》に故《ふる》郷《さと》恋《こ》ふやまた父《ふ》母《ぼ》を　平元

句会を始めたが、参加者の多くは初めての俳句とのこと。不思議なことにみな父や母を恋う言葉ばかりで、感銘をうけた。

湖《うみ》をへだて夕《ゆう》富《ふ》士《じ》に対《たい》す秋《あき》灯《とも》し　平元

村の対岸から富士を見たときの思いである。

秋日濃《あきびこ》しクルスの丘《おか》に再会《さいかい》す　平元

母と共に熊本県天草市にある切支丹会を訪れた。館長の宗像氏との久しぶりの対面に双方喜ぶのであった。

娘《こ》を思《おも》ふ言葉《ことば》静《しず》かに紅葉《もみじ》散《ち》る　平元

句友の出身地である金沢を訪れたときのこと。細身のすらりとした母上が病を持つ娘のことを切々に私共に頼まれた。

ぼろ市《いち》やラタンの騏驎《きりん》木《き》に吊《つ》られ　平2

世田谷通りのぼろ市に初めて行ってみた。さまざまなものに交わって、店先に吊られた騏驎が目に止まった。

オホーツク近《ちか》し烏賊《いか》追《お》ひの船集《ふねつど》ふ　平2

主人と二人で近海を廻る船の旅をした。最北の海に出たとき烏賊釣りの小船が、数多く見られた。

草原《そうげん》に秋七草《あきななくさ》の小《ち》さきこと　平2

富士の裾野にあたる草原に花をもとめに行った。ようやく見つけた秋の草花は何故か丈低きものであった。

江戸《えど》へ行《ゆ》く石道《いしみち》残《のこ》し村残暑《むらざんしょ》　平2

箱根の古くからある村で畑宿という集落があり、旧道をずっと行ったところに寄木細工の店が多くある。浮世ばなれした村と思われた。

十年《じゅうねん》ぶり秋色《しゅうしょく》まさる句碑《くひ》の辺《べ》に　平2

北九州の小倉和布刈公園に、母の〈延着といへ春暁の関門に〉という句碑が立っている。

秋海《あきうみ》にかこまれ安《やす》んず母《はは》ここに　平2

句碑の母の字に接すると、いろいろ苦労しながら書いた日のことが思い出され、母がそこに在すごとく思われるのだ。

人影《ひとかげ》は去《さ》り突堤《とつてい》に春《はる》怒《ど》濤《とう》　平3

関西の句会に行くときは、メリケン波止場にあるホテルを常宿として、見渡すかぎりの海を飽かずに眺め、楽しんでいる。

汀女《ていじょ》忌《き》や秋霖《しゅうりん》よしの声《こえ》聞《き》こゆ　平3

九月二十日に母は亡くなったのだ。最後まで言葉もはっきりしていた。何事にもよい方に捉えて暮していた母を思うことだ。

明日《あす》たのむ思《おも》ひあらたや汀女《ていじょ》の忌《き》　平3

この句は、私の心境とでも言いたい。まだ心も落ち着かずにいる自分を鼓舞する気持である。

秋雨《あきさめ》やわが家《や》潰《つい》えし日《ひ》もはげし　平3

両親と共に過ごした私にとってはいろいろな思いのある家を、とうとうつぶし、消え去ってしまう日のことである。

汀女展《ていじょてん》出《い》でて暮秋《ぼしゅう》の嵯峨野《さがの》訪《と》ふ　平3

京都思文閣美術館で、熱心な学芸員の方のお骨折りで、よい汀女展が開かれた。東京からも多くの方がいらして下さった。

若葉《わかば》背《せ》に鎮《しず》もる人《ひと》ら母《はは》もまた　平4

「文学者の墓に詣でる」と前書きがある。文藝家協会のおすすめもあって母の碑も前年に建てられた。年に一回の墓前祭に参加した。

南風《みなみ》吹《ふ》くレイ編《あ》む女《おんな》ひたすらに　平4

「風花」の句友とハワイのマウイ島に吟行の旅をした。爽やかな風の吹く場でレイを造る人を見かけた。

夜《よ》祭《まつ》りの町並《まちなみ》なべて富士《ふじ》へ向《む》く　平4

八月の末に、富士吉田市で火祭りが全市をあげて行われる。その火の勢いは富士山を背にして、燃え上るさまはすごい迫力だ。

草《くさ》の花生《はなお》ふるままなり御師《おし》の家《いえ》　平4

吉田市には御師の家が多く残っている。しかし道からは奥に玄関があり、その途中は草がいっぱいにあるのを見た。

ふと目覚《めざ》む軽《かる》き毛布《もうふ》やここ異国《いこく》　平4

はるばると米国まで来たことの実感である。

冬紅葉《ふゆもみじ》身《み》をまかせけりこの谷《たに》に　平4

瑞宝寺公園は紅葉に埋まるとあるが、有馬温泉の宿からはこの公園が近くで、紅葉のころはすばらしい景である。

屠蘇《とそ》祝《いわ》ふこの歳月《さいげつ》を共《とも》に来《き》て　平5

歳末からハワイのマウイ島で正月を迎えた。子供たちはそれぞれ一家をなして、主人と二人で五十年を越えての暮しを考えた。

獅子舞《ししまい》の寝《ね》てはぢらひを見《み》せくれし　平5

一人で浅草に出かけたとき、ちょうど獅子舞に出会い、いろいろな姿をしてみせた。

はらからと馳《か》けし根津山《ねづやま》日《ひ》の永《なが》き　平5

私たち一家は仙台からここ世田谷に引越して居を定めた。弟たちは中学、小学校であった。近くの遊び場として雑木林であった山での日々を思う。

春霖《しゅんりん》や駅《えき》は夜《よ》に入《い》り娘《こ》を発《た》たす　平5

関西に住む娘を春霖の中に送って行くときは、やはり私は淋しい気持になるのが常だ。

ジャカランタ咲《さ》き散《ち》るままや夏館《なつやかた》　平5

夏のころマウイ島を訪ねた。海近くに住む私たちは車で山にある町へ行った。村の教会の四囲には紫色のジャカランタが一面に咲きこぼれていた。

見《み》覚《おぼ》えのまま大《おお》玄《げん》関《かん》も水《みず》を打《う》つ　平5

千葉県館山市の中村衣見子氏の別荘で句会をする。房総の突端にある館山市を興味深く感ずる。先年、母とも伺ったことがある。

母《はは》恋《こ》ひのいとまなきまま秋《あき》に入《い》る　平5

もはや秋となった日々の忙しさをつくづく思うのである。

大《おお》花《はな》野《の》わが思《おも》ふ母《はは》若《わか》くして　平5

いつまでも若く元気であった母の姿が、子供のころから私の頭に残っている。

溶《ら》岩《ば》原《はら》に富《ふ》士《じ》薊《あざみ》賞《め》で立《た》ちし日《ひ》よ　平5

山中湖の別荘に母が珍しく滞在した。ある日突然富士山に行きたいと言い、タクシーで須走口から登った。何もない山に一本の富士薊があった。

相《あい》会《お》うて別《わか》る一《ひ》と夜《よ》の里《さと》祭《まつり》　平5

村で年に一度の安産祭である。村の中心ともいえる通りに多くの人が行き交い、屋台も出て賑やかだ。この時だけ帰省する人もいる由。

弁《べん》天《てん》橋《ばし》汐《しお》満《み》つときや秋《あき》惜《お》しむ　平5

江の島吟行会を横浜の句友たちと行ったときの句。

句《く》碑《ひ》に向《む》く周《す》防《おう》の風《かぜ》の冬《ふゆ》ぬくし　平5

和布刈の句碑を中心に山口、萩の吟行をした。やはり冬とはいえ温かい土地である。

選《よ》り迷《まよ》ふ菓《か》子《し》銀《ぎん》皿《ざら》に聖《せい》夜《や》くる　平5

オアフ島のクリスマス。島をあげて飾りつけで沸き立っていた。私たちもクリスマスをたのしんだ。この句は「天声一語」に使って頂いた。

ビルはざま聖樹《せいじゆ》は椰子《やし》と競《きそ》ひ立《た》つ　平5

どこの通りもこのように電飾を点してにぎやかなクリスマスなのだ。

冬凪《ふゆなぎ》の浦曲《うらわ》めぐりて来《き》し丘《おか》よ　平6

本渡市殉教公園に句碑を訪う。熊本県天草島の本渡にあるのだ。熊本市の句友によって建てられたもの。〈麥秋の島々すべて呼ぶ如し〉の句である。

ぎぼし咲《さ》く場《ば》の定《さだ》まりていくとせよ　平6

山中湖山荘の庭に大きなぎぼしの群れがあって、夏になると花を咲かせ楽しませてくれる。

戦《いくさ》あと今《いま》なだらかや芒《すすき》生《お》ふ　平6

沖縄支部との合同吟行を行った。忘れがたい数日であった。

シーサー載《の》せ人《ひと》なき家《いえ》の秋真昼《あきまひる》　平6

家々にはみなシーサーがのせられている。人家は開け放たれて人なき静かな昼間であった。

咲《さ》きつぎてなほ色《いろ》とどむ冬《ふゆ》ぼたん　平7

日中冬ぼたん俳句大会という会に呼ばれて上野寛永寺に行き、ぼたんの句を作った。

電話《でんわ》ベルきりなき一《ひ》と日春《ひはる》の雨《あめ》　平7

阪神大震災があり、関西に住む娘は犬を連れ東京の我が家に避難して来た。

安否先《あんぴま》づ確《たし》かめ合《あ》ひて夜半《よわ》の春《はる》　平7

あちこちの友と電話をかけ合う日々であった。

差《さ》しのべし手《て》に染《そ》むばかり若楓《わかかえで》　平7

箕面勝尾寺吟行。関西支部の方が、紅葉の箕面に連れて行って下さった。

しばしあり滴《したた》り受《う》ける百《ひゃく》の皿《さら》　平7

秋芳台、徳山の方たちと吟行。

忘年会《ぼうねんかい》果《は》てて運河《うんが》の灯《ほ》影《かげ》かな　平7

月に一度定期的に横浜で句会を開いていた。終った後、よく一人で町を歩き運河のあたりに佇み、船の様子など眺めていた。

大若葉《おおわかば》暗《くら》き店先《みせさ》き蕎麦《そば》を打《う》つ　平8

深大寺に電車とバスを乗り継いで行ってみた。寺そのものよりもあたりの風景がよかった。

長《なが》き夜《よ》や夫《つま》と異《こと》なる刻《こく》を持《も》つ　平8

一緒に暮していても、それぞれの趣味もちがう。長い夜を過ごすとき、感ずることだった。

芒野《すすきの》に心《こころ》も身《み》をも委《ゆだ》ねたし　平8

裾野の原には早くも芒が見渡すかぎりなびいていた。その広大な景に、私の身心を投げ出したいような気持になった。

ふれんとし花《はな》も刺《とげ》持《も》つ富士薊《ふじあざみ》　平8

山中湖の周辺の道には至るところに薊が茂っていて、花の少ない地なので、採ってみたいと何度も思ったが、とがった葉も花もするどい刺を持つ。

初富士《はつふじ》やいま在《あ》ることを思《おも》ふ幸《さち》　平9

新年の富士山を仰いで、現在を省りみての幸をたしかめる。

山《やま》は晴《は》れ旅人《たびびと》のみの町《まち》うらら　平9

飛驒高山春祭。句友の御主人らを交えて旅をした。山深い高山の町は見物の人で埋まっていた。

堀《ほり》めぐらし古都《こと》千年《せんねん》の町《まち》極暑《ごくしょ》　平9

タイのチェンマイ。焼物の趣味を持つ主人と南方へ出かけた。歴史のある都ではあるが、寺院めぐりの暑さが印象に残る。

先《ま》づ見《み》よと秋灯《しゅうとう》つらなる摩天楼《まてんろう》　平9

米国旅吟。家族でニューヨークに旅をした。娘の友人が居られてすべて世話になり、楽しい日々を過ごした。

輪飾《わかざ》りも旅荷《たびに》に加《くわ》へ発《た》つ夜《よ》かな　平9

毎年十二月の終りからハワイに行くのを、私は何か目的とした気分でいたのだ。

波止《はと》よりの東風《こち》吹《ふ》きあぐる桜木町《さくらぎちょう》　平10

横浜での句会の帰りである。東京より風が吹き、駅のあたりは身をすくめて通った。

春《はる》の水《みず》湿原《しつげん》馳《は》せる一《ひ》と筋《すじ》に　平10

箱根湿生花園を訪ねる。箱根の宿に行くと、どこにも当てのない日なので、よく此処を訪ねた。

汐入《しおい》りの池《いけ》の面《も》きらら夏兆《なつきざ》す　平10

浜離宮に久しぶりに行ってみた。汐入りという名を初めて知り、池は輝いていた。

川岸《かわぎし》の茂《しげ》りに船《ふね》の折《お》り返《かえ》し　平10

大阪吟行、松園の方たちと大阪の真中を流れる淀川岸のあたりを散策する。

峠《とうげ》みち県《けん》異《こと》なれば霧《きり》の濃《こ》し　平10

御殿場から山中湖に向かう途中には籠坂峠があって、静岡と山梨の県境になっている。静岡県側は深い霧が立ちこめていた。

秋《あき》めけり夕《ゆう》富《ふ》士《じ》まとふ雲《くも》うすく　平10

朝夕眺める富士の有様が、唯一のたのしみであった。

崎《さき》々《ざき》は曲《まが》り住《す》みなす葛《くず》の花《はな》　平10

鳥羽、伊勢行き、家族で伊勢まいりをする。途中海沿いに集落があって住みなしていた。

朱《しゅ》の漁《ぎょ》網《もう》繕《つくろ》ふ老《おい》や秋《あき》日《ひ》濃《こ》し　平10

海べりで老人がひとり網をつくろっていた。日差しの中で、のんびりとした風景。

行人《こうじん》みな赤《あか》福《ふく》さげて伊《い》勢《せ》は秋《あき》　平10

神宮への道は多くの参拝客が行き交っている。有名な赤福餅を持っているのが面白い。

わが歳《とし》と同《おな》じに古《ふ》りし屠《と》蘇《そ》朱《しゅ》盃《はい》　平11

子供のころから父母と一緒にお正月の一日を過ごした。金盃や朱盃を母は大事そうに皆にとそをつぎ廻した。それらを私は引き継ぎ使うのだ。

なつかしや大《だい》根《こ》ぶ厚《あつ》き母《はは》雑《ぞう》煮《に》　平11

あまり料理の数もなく、またそれをしない母であったが、新年の雑煮は熊本流の椀の底に大根の厚切りが置かれたものであった。

初《はつ》凪《なぎ》によき年《とし》願《ねが》ふ思《おも》ひのみ　平11

マウイ島で新年をすごす。部屋から一望に見える海は全く凪いでいた。

ロゼワイン注《そそ》がれ異国《いこく》の年酒《ねんしゅ》かな　平11

屠蘇の代わりにワインを注がれた。やはり日本とはちがうことをはっきりと知らされた。

碑《ひ》に添《そ》ひて枝垂《しだ》るる梅《うめ》のいくとせよ　平11

ひと駅電車で行く梅ヶ丘の上に世田谷区の梅林があり、その一隅に「外にも出よ」の母の大きな句碑がある。枝垂れ梅がそこに古くからある。

村々《むらむら》は低《ひく》く寄《よ》り合《あ》ひ春浅《はるあさ》し　平11

忍野村は隣村である。水の清らかなところとして有名であり、平らな土地に人々がゆったりと暮らしている。

薄暑《はくしょ》みちやうやく辿《たど》る砥部《とべ》の窯《かま》　平11

焼物で有名な砥部にどうしても行きたいと言う主人を連れ、やっと見つけた地であった。

太《ふと》き手《て》もて切符《きっぷ》渡《わた》さる冷房車《れいぼうしゃ》　平11

米国旅吟として、ＮＹからはなれた住宅地に住まわれる句友を訪ねるため、汽車に乗ったときの黒人の車掌である。

月見草《つきみそう》母《はは》と歩《あゆ》みし騾馬《らば》の道《みち》　平11

母が晩年、珍しく中村の別荘にやって来た。そして「花が咲いている処に連れて行って」と言われ、ごろごろしたらば道を共に歩いた。

降《お》り立《た》てり肥後路《ひごじ》の秋《あき》のただ中《なか》に　平11

熊本で毎年行われる国際俳句大会に参加するため、飛行機で熊本空港に着く。あたりの畑や田には見事に作物が実り、その豊かさに心が踊る。

紅葉晴《もみじば》れ十年《じゅうねん》の句座《くざ》ここに得《え》し　平11

松園句会十周年を京都の嵐山の料亭で行った。はや十年になったかと思われた。

齢《とし》重《かさ》ね思《おも》ふは父《ふ》母《ぼ》との雑《ぞう》煮《に》膳《ぜん》　平12

やはり新年を迎えると、みなで揃って母の作った熊本風のさっぱりとした雑煮を思い出す。その日だけは家族が揃う嬉しい一日なのである。

年《とし》の夜《よ》の花《はな》火《び》にかける玉《たま》やの声《こえ》　平12

マウイ島での大晦日は海べりの大きなホテルで花火が揚げられる。宿泊者がロビーに集まって見物した。その中の一人が大きな声で玉やと叫んだ。

幾《いく》とせを母《はは》とありしか春《はる》疾《はや》風《て》　平12

俳人協会で汀女展をして下さった。家にあるあらゆる遺品を展示して、連日多くの方がいらして頂いたことはまことに嬉しいことであった。

春《しゅん》灯《とう》下《か》筆《ふで》持《も》つ母《はは》の肩《かた》細《ほそ》し　平12

晩年はほとんど床に臥していた母に、期日の迫った染筆を頼んだ。やっと起きて書いている姿は、あまりにも悲しかった。

ただ悲《かな》し手《て》擦《ず》れの遺《い》品《ひん》青《あお》葉《ば》風《かぜ》　平12

佐藤修一氏急逝。佐藤十雲氏の子息で、わが「風花」の誌上にはなくてはならない人であった。奥様から歳時記その他を見せられたときの句。

花《はな》買《か》はなフェンスより摘《つ》む花大根《はなだいこ》　平12

わが家に入る路地の一角が長い間空地であった。そこを通ると花大根が一面に咲き、それを手折って帰って来た。

青《せい》銅《どう》の尖《せん》塔《とう》てらふ秋《あき》の晴《はれ》　平12

ドイツ吟行、街の中央に青銅の円い屋根が一際高く聳えている。空はすっきりとした晴れた色だ。

法《はっ》被《ぴ》の子《こ》冬《ふゆ》日《ひ》に眠《ねむ》り店《みせ》の番《ばん》　平12

法被を着せられ、店に座らされた子は、差しこむ冬日にうとうとと居眠りをしていた。なにやらのんびりした酉の市であった。

小《こ》稲《いな》荷《り》に長《なが》き願《ねが》ひの冬日中《ふゆひなか》　平13

神戸市生田神社。神戸の街の中にひっそりとした神社があった。社のわきに稲荷があって、女の人がひざまずき長いこと祈っていた。

そこはかと妖気《ようき》漂《ただよ》ふ雛《ひな》の段《だん》　平13

昔からのさまざまの雛を集めてある寺に行く。古い雛の面からは何か放たれる妖気を感じた。

窓《まど》を占《し》む南《なん》アの嶺々《ねね》や春深《はるふか》し　平13

八ヶ丘ホテルにて。山中湖からずっと北にあるホテルに行く。やはりここまでくれば山の威容がすぐ目の前に拡がっているのだった。

つつじ濃《こ》く船笛《せんてき》低《ひく》く響《ひび》きゐし　平13

横浜の句会の帰りに出来た句。船笛は東京では聞くことの出来ない音である。

地球自転《ちきゅうじてん》の振子《ふりこ》見《み》あぐる日焼子《ひやけご》と　平13

国連本部を見学した。大きな自転の仕掛けに子供たちと一緒に感心して見上げたのだった。

夏草《なつくさ》のそこのみ刈《か》られイサム墓碑《ぼひ》　平13

ノグチ・イサムの記念館に行く。こぢんまりとした庭の中にそこだけ草が刈られていて、彼の墓であるとのこと。

春寒《はるさむ》し六甲《ろっこう》おろしに吹《ふ》かれ立《た》つ　平14

神戸の句会に行く。ホテルから街辻に出た時の身に受けた風がすごく冷たく感じられた。娘は六甲おろしと告げるのだった。

一《ひ》と握《にぎ》りポピーを摘《つ》めばすでに萎《な》え　平14

南房総の花畠に句友とバスで行く。きれいに咲き揃うポピーは切ってしまえば、生を失った如く、くたっとなってしまう。

炎天《えんてん》やジャカランタ大樹花《たいじゅはな》こぼす　平14

マウイ島パーカーランチ。海辺の我が宿から山を目指すとジャカランタの花は咲きこぼれ、山は涼しく違った世界であった。

夏《なつ》富士《ふじ》の山肌《やまはだ》露《つゆ》は全《まった》きに　平14

時として富士全山がこのように見えるのである。

霧《きり》しまく阿蘇《あそ》の空港《くうこう》賑《にぎは》ひて　平14

例年、秋の熊本行きである。一面の山霧の中降り立った空港は意外に混み合っていたのだった。

武蔵《むさし》墓所《ぼしよ》ありと小暗《こぐら》き落葉径《おちばみち》　平14

熊本市河内町、みかんの産地でよく父母がこの町のことを話していたので足をのばしてみた。

日本《にほん》より持《も》ち来《き》し輪飾《わかざ》りドアに掛《か》け　平14

せめてお正月をと思い、小さな輪飾りをホテルの扉にかけて新年を迎えた。

椰子《やし》揺《ゆ》れて花火《はなび》五彩《ごさい》の年《とし》の夜《よる》　平14

十二月三十一日、夜十二時ぴたりと海より花火揚ぐ。さすがに年の夜はどこの国でもさわがしいものだ。アメリカ、ハワイも何やら盛り上っていた。

海運《かいうん》を頼《たの》みし社《やしろ》梅《うめ》も古《ふ》り　平15

佃島あたりをぶらぶらと歩いていると小さな社があった。海に出る人たちの祈りの場であっただろう。

肘《ひじ》の破《や》れ母《はは》の籐椅子《とういす》の古《ふ》りしまま　平15

昔から実家にある籐椅子を我家に持って来た。腕を置くところはすれて籐がぼろぼろになっているものなのだ。

当主《とうしゅ》七代《ななだい》語《かた》りつきずや青葉中《あおばなか》　平15

新潟、豪農の館。同人の方たちと新潟と佐渡の島に吟行。七代つづくという大きな日本屋敷の主は語りつづけたのだった。

風薫《かぜかお》る母《はは》の碑《ひ》なつかし文字《もじ》細《ほそ》く　平15

〈かどどぞはいまも真白に青嵐〉。汀女の句であり、かどどぞは「角土蔵」のこと。庭の一隅に小さな句碑があり、今まで知らなかったものだ。

鬼太鼓《おにだいこ》夜涼《やりょう》の人《ひと》を集《あつ》めけり　平15

佐渡のホテルの庭。夕食が済み鬼太鼓が四、五人の男たちで行われ見物した。もの悲しいひびきを思い出す。

霊山《れいざん》を仰《あお》ぎ火《ひ》祭《まつり》町《まち》こぞり　平15

火祭りは、富士吉田市の最大のイベントである。八月二十五日、二十六日と盛大に行われる。街筋の向うには富士山が真正面に聳えている。

貴船《きぶね》川床《ゆか》青竹《あおだけ》太《ふと》く座《ざ》をかこみ　平15

夏の行事として川床料理が京都では盛んである。グループごとに太い青竹でしきられて、膳が運ばれる。涼しさが身にしみる。

太平洋《たいへいよう》波《なみ》いろ重《かさ》ねお元旦《がんじつ》　平16

元旦をマウイ島で迎えた。窓から見える太平洋の波の色が淡く濃く変わっていくのを、改めて知った。

遺愛《いあい》のペン鈍《にぶ》く光《ひか》りて梅古木《うめこぼく》　平16

吉川英治記念館は青梅の梅林の中に建っている。そこに飾られてあるペンに心を打たれた。これを使って名作が書き上げられたのだ。

聖五月《せいごがつ》神父来訪《しんぷらいほう》と晴《は》れやかに　平16

思ってもいなかった娘の発病にショックを受けた日々である。

薔薇一輪《いちりん》十字架《じゆうじか》も置《お》き窓明《まどあか》るし　平16

友人が下さった小さな十字架を置き、ばらも少々飾ってある病室に日々通ったのだ。

眼《め》にあふる涙《なみだ》見《み》ぬふり夕薄暑《ゆうはくしよ》　平16

やはり娘にとっては大病であるし、子供達もそれぞれ職についていて、一人となれば淋しく悲しいこともあるだろう。

はてしなき海《うみ》を背《せ》にしてオリーブ咲《さ》く　平16

淡路島ホテル「阿那賀」を会場として同人会を行った。淡路島の南端にある洒落たすばらしいホテルだ。建物のまわりにオリーブが植えられていた。

夏《なつ》の月《つき》淡《あわ》くかかりて娘《こ》を思《おも》ふ　平16

関西の自宅に戻った娘のことを、あれこれと心配した日々のことである。

山肌《やまはだ》の荒々《あらあら》しさよ富士晩夏《ふじばんか》　平16

夏の間は雲が多くてなかなか山全体を見ることが出来ないのだが、今日ははっきりと肌の荒々しさが見えた。夏も終りに近い。

雛飾《ひなかざ》る父母《ふぼ》との暮《くら》し娘《こ》に語《かた》り　平17

私たちは何度も住いを移して、雛も母が買ってくれた豆雛しかないのだが、それを大切に自分と一緒に今日まで持っている。

路地裏《ろじうら》の石道《いしみち》春《はる》の海《うみ》へ抜《ぬ》け　平17

三浦の町がなにやら変った感じがするので、よく一人で電車に乗って訪ねた。海岸に面して店が並び、その裏にも人家があった。

朝涼《あさすず》のテラスの夫婦《めおと》低《ひく》き声《こえ》　平17

ハワイ島ベイクラブ滞在。ビッグアイランドというハワイ島に娘たちに連れられて行った。隣りの外人夫婦は静かな暮しを思わせた。

肩《かた》に触《ふ》る花芒《はなすすき》まだやはらかし　平17

山中湖の周辺は少し奥に入ると至るところに芒原がある。好んで原に行ってみたときの句。

富士《ふじ》百句入《ひやくい》りし桐箱《きりばこ》秋《あき》の灯《ひ》に　平17

富安風生先生のたおやかな文字の色紙類を見て、感激したことだ。

京《きよう》おく山《やま》九十九折《くじゆうくおり》の坂黄葉《さかもみじ》　平17

比叡山に登ってみた。カーブの多い坂をいくつも曲ってようやく坊に着いた。いかにも奥山という感じが深かった。

わが歳《とし》を思《おも》ふなかれとスイートピー　平18

私はあまり常々から自分の歳を感じないで暮している。思っても仕方のないことだし、まだまだ若いつもりかも知れない。

秋草《あきくさ》を机上《きじよう》に盛《も》りて心満《こころみ》つ　平18

どこに行っても路傍に咲く草花を摘み、一輪挿しのつぼに入れ、毎日の机上での慰めとしている。

船笛《せんてき》の響《ひび》き出港秋《しゆつこうあき》の夜半《よわ》　平18

神戸港に客船「飛鳥」停泊す。やはり大きな船であった。一夜かぎりの停泊であったが。

谷深《たにふか》く柚子《ゆず》の黄埋《きうず》む水尾村《みずおむら》　平18

柚子の採れる水尾村であった。なかなか行けないところをみなで訪ねた。

導《みちび》かる句碑《くひ》への階《かい》の落葉濡《おちばぬ》れ　平18

〈夏雲の湧きてさだまる心あり〉の句碑のある汀女母校の熊本第一高等学校清香会を訪ねる。句碑を仰ぐ。校長先生をはじめ皆で喜んで下さった。

句《く》会《かい》果《は》て何《なに》やら淋《さみ》し春《はる》を待《ま》つ　平19

皆と集まりなごやかな句会だった。終って一人家路に着くときは、なんとも言えない淋しさを味わうことがある。

野《の》花《ばな》剪《き》る花《はな》野《の》もとめし汀《てい》女《じょ》の忌《き》　平19

九月二十日は汀女の没した日である。何か花はないかと芒野原に行ってみる。

そのかみの尼《に》僧《そう》のくらし秋《しゅう》意《い》満《み》つ　平19

史跡、上総国分尼寺跡をみなで吟行した。毎年いろいろな所をさがし連れてくれる旅行社があるので、見聞を広めることが出来る。

猫《ねこ》愛《あい》す大佛《おさらぎ》館《やかた》秋《あき》暮《く》るる　平19

横浜山手の丘。大佛次郎記念館があって初めて入った。猫が好きだったとのことで、写真に多く写っていた。

丹《たん》誠《せい》の百《ひゃっ》花《か》の菊《きく》や語《かた》るごと　平19

湯島天神菊まつり。社のすぐ下で毎月句会をやっており、梅の時季や菊の展示などすばらしい花をみせてくれる。

一《いち》枝《え》一《いっ》花《か》肥《ひ》後《ご》菊《ぎく》咲《さ》けり花《か》弁《べん》舞《ま》ふ　平19

熊本の行事に参加した時、城の庭で菊の展示会を行っていた。かねて母から肥後六花の話を聞かされていた。どれもこれもあまり見ない花々である。

夜《よ》雨《さめ》そぼつ頭《かしら》は老《お》いて酉《とり》の市《いち》　平19

酉の市の前日の夕方に行ったときのこと。雨は降るし、頭はすでに老いており、明日の賑わいをよそに淋しい風景であった。

喰《くい》積《つみ》はパパイヤサラダとカレーとし　平20

マウイ島のお正月。食堂ではこれが当り前のことである。

たんぽぽの夜《よ》は閉《と》ぢてをり小《ち》さき壺《つぼ》　平20

道端で見つけたたんぽぽの茎の短いのを壺に挿しておいた。夜になるとその花弁はつぼみ、寝ているようだった。

森《もり》に添《そ》ひ瀬《せ》見《み》の川音《かわおと》涼《すず》しけれ　平20

下鴨神社、史跡「糺の森」。長い歴史のある神社の森は悠久の時を経て今も佇んでいる。

コスモス畑《ばた》四方《よも》にうねりて富士《ふじ》抱く　平20

晩秋となった山のあちこちには、コスモスが咲き乱れ、風に吹かれてなびいている。そのはるか彼方には富士の山が常に見えるのだ。

秋声《あきごえ》の迫《せま》り来《く》る野《の》や草《くさ》いとし　平20

奥日光、戦場ヶ原。ここも秋の吟行会で訪ねた。私は初めて来たところであった。

初富士《はつふじ》のもとに抱《いだ》かれ幸《さち》を知《し》る　平21

今年もまた、この山中湖の山荘に来れたことを幸せに思うばかりである。

夏霧《なつぎり》かくす甲斐《かい》一洲《いっしゅう》を包《つつ》み込《こ》み　平21

突然湧いた霧は、山々に囲まれた甲斐の国を覆いかくしてしまった。

夕霧《ゆうぎり》深《ふか》き峠《とうげ》くだりて墓参《ぼさん》かな　平21

晩秋に亡くなった夫の墓参をする。峠を降りて隣の町にあるのだが、やはり遠く感ずるのだ。

盆《ぼん》提《ぢょう》灯《ちん》秋草《あきくさ》淡《あわ》く軒《のき》に吊《つ》り　平21

我が山荘の軒に提灯をさげて灯をともした。簡単ながら新盆の行事とした。

化《け》粧《しよう》水《すい》手《て》にぬくきかな秋《あき》暑《あつ》し　平21

秋になったとはいえ、まだ残暑である。毎朝の化粧水に感ずる暑さなのだ。

秋《しゆう》灯《とう》にまばゆきばかり朱《しゆ》の鳥《とり》居《い》　平21

宮島に着き、句会も終ってから外に出て朱いろの鳥居までみなで歩いた。ライトアップで水の中に浮かんだ様はおごそかに思われる。

苔《こけ》むせる水《みず》屋《や》に汲《く》める若《わか》水《みず》や　平22

京都、宇治浮舟園に新年一泊す。娘むこの友が何百年とつづいた宿で、そこにみなで集まり、新年を祝った。

潮《しお》騒《さい》の音《ね》色《いろ》にそよぐ野《の》水《ずい》仙《せん》　平22

越前岬、水仙の丘。日本海の荒れた波の寄せる丘に野水仙が何千本と咲いていた。

母《はは》の句《く》碑《ひ》紅《こう》梅《ばい》添《そ》ひて幾《いく》とせぞ　平22

羽根木公園梅まつり。毎年二月には梅まつりが行われ、句会も区の主催で開かれ、大勢の人が来て下さる。

木《こ》洩《も》れ日《び》の道《みち》ひた走《はし》る芒《すすき》野《の》へ　平22

富士の裾野の一区画にある芒野は、私の好きな場所なのだ。

大《おお》樽《たる》を据《す》ゑて屠《と》蘇《そ》受《う》く誰《たれ》彼《かれ》や　平23

初めて箱根にて新年を過ごす。ロビーに酒樽が置かれて、みな木の香の匂う柄杓で祝い酒を飲んでいた。

初《はつ》明《あか》り走《そう》者《しや》に祈《いの》る胸《むね》あつく　平23

一月三日、箱根駅伝を見るために宿を取った。ホテル前の国道には大勢の見物人がつめかけていた。先頭の走者は一瞬のうちに目の前を走り去った。

母《はは》の声《こえ》句《く》碑《ひ》より伝《つた》ふ梅《うめ》三《さん》分《ぶ》　平23

母在世の頃から世田谷区に頼まれて、俳句大会を梅祭り行事の一つとして行う。〈外にも出よふるるばかりの春の月〉の句碑は公園のシンボル。

梅《うめ》の句《く》座《ざ》わが半《はん》生《せい》を重《かさ》ね来《き》し　平23

母亡きあとは、私がこの句会を引きついだ。毎年午前と午後に大勢の方がいらして、前半は私の話で、後半は一句ずつ作ってもらっている。

夏《なつ》の日《ひ》の暮《く》るるを待《ま》つや渡《と》月《げつ》橋《きよう》　平23

嵐山宮廷鵜飼。あたりの暗くなるのを待って念願の鵜飼を見物した。だんだんに人々は去っていった渡月橋であった。

亡《な》き父《ふ》母《ぼ》もこの秋《しゆう》天《てん》にありしかと　平23

秋の催しである熊本の俳句大会のため、飛行機で阿蘇空港に着いたとき、両親はこの空の下で生れ育ったのかと改めて思ったことだ。

秋《あき》晴《ばれ》の阿《あ》蘇《そ》の寝《ね》釈《じや》迦《か》や神《こう》々《ごう》し　平23

母は「阿蘇のあれが寝釈迦よ」と、よく私に指し示していた。まぢかに見ると、その通りに思えて来る。

おだやかや江《え》津《づ》湖《こ》秋《しゆう》色《しよく》みなぎれり　平23

熊本俳人の近藤氏の案内にて汀女の通った画図小学校を訪う。その途中の江津湖は、釣りをたのしむ親子連れが見えてなにかのんびりとした風景。

秋《しゆう》水《すい》の流《なが》れ絶《た》えなく句《く》碑《ひ》の辺《べ》に　平23

句碑の側からは透き通った水が湧き出でている。そのことに私は今更驚いた。一方校庭では、半裸の生徒たちが体操をしている姿が目映かった。

汀《てい》女《じよ》こみち秋《あき》の草《くさ》生《お》ふただ中《なか》を　平23

校庭の一隅に「汀女こみち」と題して草むらの中を細い道らしき通りがあって、校長先生やＰＴＡの方たちに導かれた。

母系三代の「今日の風、今日の花」
――『小川濤美子全句集』によせて

宇多喜代子

冬濠に石垣鋭角そびえ立つ　　小川濤美子

平成十九年に発表された作である。この句の石垣がどこのものだという特定はどこにも書かれていないのに、この句を目にしたとき、反射的に先年の地震で崩れそうになった熊本城を支えていた一本の線のような石の連なりが見えてきた。指で押せば崩れそうな縦につづく石は目にみえないなにかの加護によって連なっている、そうおもわせるような「そびえ立つ」「鋭角」である。

ほぼ十年も前の句であるのに、科学では説明できないような言葉による予言ともおもえた。この予言を誘い出す鍵は濤美子さんの母上である中村汀女、そして息女である小川晴子さんへとつづく肥後の女性三代の存在であろう。

汀女、濤美子、晴子とつづく系譜は、代々「風花」の主宰を継承してゆくというだけでなく、文化の継承者は母系であるという強い一本の線をおもわせるのだ。おそらく、祖母、母、娘という強靱な線は、ハレの日ケの日の話題や家の内と外での仕来りなどを継承することを疑うことなく、ごく自然に身にまとってこられたところにあるのではないか。その疑いのないおおらかさは、小川濤美子さんの作品の抗いや疑いのない句にそのまま生きている。偉大な母親が重い日もあったろうに、母を越えようとか母を疑うとかいう雰囲気がないのだ。「風花」の伝統である「今日の風、今日の花」という理念の継承が三代にわたって無理なく生きている由縁だろう。

去 る 日 々 を 追 は ず 若 水 迸 る　　濤美子

女性俳句の草分けでありながら、中村汀女の句には女性ならではの泣き言や愚痴がない。この濤美子さんの「去る日々を追はず」の句も同じようにめそめそしたところのない豪胆な句だ。
冒頭に引いた「外濠に」が熊本城を思い出させたのも、汀女の精神の奥に立っている肥後のおおらかさ、代々の肥後の女性の心胆の太さを垣間見たところにあったようにおもう。

母の声句碑より伝ふ梅三分　濤美子
朝東風や和布刈の句碑に祖母想ふ　晴子

汀女の「今日の風、今日の花」を受け取った濤美子さんには、濤美子さんならではの「今日の風」が吹き、「今日の花」が咲いている。「風花」創刊七十周年記念事業の一つである『小川濤美子全句集』刊行の意義はここにある。

母系の繋ぐ三代に吹く今日の風、今日咲く花がこののちも健やかでありますようにと祈りあげる。

平成二十九年三月

季語索引

＊収録句の季語を、現代かな遣い五十音順に配列した。数字は本文掲載頁を示す。

あ

アイスティー（夏） 八一
青蘆（夏） 一二六
青嵐（夏） 三九
青梅（夏） 五六・二八三
青芝（夏） 二八二
青芒（夏） 二五九
青田（夏） 一七六・一九〇・一九九・二九三・三一〇・三三一
青蔦（夏） 二二七
青嶺（夏） 一九八
青葉（夏） 一〇四・一二五・一二六・一四三・一七五・一八六・一八七・二二〇・二三九・二四七・二九三・三一八
青葡萄（夏） 三三一
青鬼灯（夏） 二八二・二八三
赤のまんま（秋） 九二・二三九
赤富士（夏） 四一
秋（秋） 二七・九四・九六・一〇七・一一九・二八四
秋薊（秋） 二七〇
秋暑し（秋） 二七・六四・一〇七・二〇二・二五〇
秋扇（秋） 五〇
秋惜しむ（秋） 三四・五一
秋霞（秋） 一四七
秋風（秋） 一九
秋草（秋） 五一・五三・六五・一六二・一六五・二〇一・二一四・二三〇・二四二・二四九・二五一・二六一・二七一・二八五・二八六・二九六・三三二
秋桜（秋） 一四八・一六三・二二三・二四〇・三三二
秋寂び（秋） 二三〇・二四一
秋寒（秋） 二九八
秋時雨（秋） 五二
秋高し（秋） 九六・二五一・二九七
秋近し（秋） 二九五
秋に入る（秋） 五〇
秋の雨（秋） 二八・三三・三四・九五・一三三・一四八・一四九・三二一
秋の海（秋） 二〇・二八・六一・一四九・一九二・二三〇・二九九
秋の風（秋） 一六六
秋の川（秋） 一七九・三〇八
秋の暮（秋） 三五・四二・九六・一九二・二二五・二三一・二七一・三〇〇・三一〇
秋の声（秋） 六一・二四一・二六二・三一〇
秋の潮（秋） 二〇・二八・五一・一〇六・一三三・二五三
秋の蟬（秋） 三〇九
秋の園（秋） 三〇九
秋の空（秋） 一〇六・一〇八・一三二・一四八・二七〇・二八六
秋の田（秋） 一〇七
秋の蝶（秋） 六一・八三・一四七・一六二・二一四
秋の七草（秋） 二六・三三
秋の野（秋） 三〇八
秋の花（秋） 一九
秋の浜（秋） 一〇七
秋の灯（秋） 一九・四二・六五・九三・九五・九六・

一四九・一七九・一九二・二〇一・二五三・二七〇
秋の日(秋)
二〇・二九・六〇・六七・九五・一〇七・一三一・二〇二・二三二・二五二・二五三・二六三・二八五・三一〇
秋の昼(秋) 二〇・四二・六一・六四・一〇八
秋の水(秋)
二八・六七・一三二・一五〇・二七一・二九七・三〇九
秋の山(秋) 一三一・二六二
秋の夕焼(秋) 二四二
秋の夜(秋)
五九・一六二・二二六・二三八・二八五・三三三
秋晴(秋)
二九・九三・一三一・二〇〇・二五二・二六三・二七一・二八六・三二一
秋彼岸(秋) 一三九
秋深し(秋)
三五・二五一・二六六、・二九八・三二一・三二四
秋祭(秋) 三〇九
秋めく(秋)
一〇六・二四〇・二九六・三〇八
朝顔(秋) 二五九
朝曇(夏) 二五・八二・九一
朝寒(秋) 九四・一三〇・二一六
朝涼(夏) 一九六
浅蜊(春) 二六〇
蘆(秋) 一三七・二四一
紫陽花(夏)
一四三・二四六・二六八・二九三・二九四・三三一
馬酔木の花(春) 二〇八
汗(夏) 五七・一四五・二八四
あたたか(春)
三三・一五六・二〇九・二三五・二三六
暑し(夏)
二五・八三・一四四・一九六・三〇六・三三〇
天の川(秋) 五八
烏賊釣(夏) 二六
いかなご(春) 六三
藺草(夏) 七〇
泉(夏) 一三
伊勢海老(新年) 一三三
銀杏散る(秋) 二一七
銀杏黄葉(秋) 二一七
一輪草(春) 二四五
稲(秋) 二七一
色鳥(秋) 一四八
鰯雲(秋) 二一六
鵜(夏) 二六九
植木市(春) 二二二・二三七
植田(夏)
一九九・二二二・二五八・三〇三・三〇四
萍紅葉(秋) 一八〇
鶯(春) 二四・一二三・二八〇
渦潮(春) 一八九
羅(夏) 一六〇
薄紅葉(秋)
九五・九六・九七・一二三・一六五・一六八・二六三・三一〇
打水(夏) 四九・二三九・二六〇
卯月(夏) 一四二
卯波(夏) 五六
卯の花(夏) 二四七・二五八
梅(春)
二四・四六・八五・一〇〇・一〇一・一二二・一二三・一三三・一三八・一三九・一七二・一八五・二〇六・二〇七・二六五・二六六・二七八・三一四・三一五・三一七・三二八
梅の実(夏) 三一八
梅見(春) 八五・一一二
末枯(秋) 五九・二一五
麗か(春)
八七・一二四・一三九・一四〇・二〇九
えごの花(夏) 一四二
炎昼(夏) 一六一・二五九
炎天(夏)
八二・九二・一四五・一六一・二五九
御降り(新年) 一八三
落葉(冬)
七五・九八・一四八・一六六・一九二・一九三・二〇三・二一七・二九九

朧（春）　二〇九
女郎花（秋）　二六・三三
泳ぎ（夏）　八二
オリーブの花（夏）　一八八
オレンジ（冬）　四五

か

買初（新年）　一七〇
楓の芽（春）　一三三
返り花（冬）　一六五
柿（秋）　一〇七
垣繕う（春）　一三九
杜若（夏）　一三七
陽炎（春）　八六
重ね着（冬）　二七六
風花（冬）　二五六
飾（新年）　九八・一六九・二四三
賀状（新年）　二七七
霞（春）　三七・一〇一・一三三・一四〇・一五七・一九五・二三五・二三五・二四五・二八〇
風薫る（夏）　七一・一〇四・一七五・一九九・二三七・二四六
風光る（春）　四七・一五八・一九五
片蔭（夏）　九〇・一四四
蝌蚪（春）　二二六
門火（秋）　四一・一九〇・二六〇・二七〇
門松（新年）　二六三
黴（夏）　一七六
髪洗ふ（夏）　四八
神の留守（冬）　七四・七五
亀鳴く（春）　二〇七
鴨来る（秋）　一六四
烏瓜（秋）　一三〇
枯薊（冬）　二〇三
枯あじさい（秋）　七二
枯木（冬）　二三・一三五・二〇三
枯菊（冬）　一六六
枯草（冬）　一九三・一九四
枯芝（冬）　一四九
枯葉（冬）　二〇三・二一八
枯蓮（冬）　一〇八・一〇九
蛙（春）　二五八
寒（冬）　四六・一九四・三一三
寒月（冬）　二二四
元日（新年）　一三・九九・一〇九・一一一・一五五・一六九・一八二・二〇五
寒雀（冬）　二二四
元旦（新年）　一三
元朝（新年）　二三・九八・一一〇・二四三・二八九
桔梗（秋）　六五
菊（秋）　六〇・二三一・二三三
北風（冬）　二七六
着ぶくれ（冬）　四五
擬宝珠の花（夏）　五七・八三・一二八・一三〇・一六一・二四八・二六〇
胡瓜（夏）　二六八
霧（秋）　三一・三三・六六・六七・九二・九三・一〇五・一一九・一四六・一六五・一九七・二一五・二三九・二八四・二九四
切山椒（新年）　一二
桐の花（夏）　一七五
金魚（夏）　五一
金魚草（夏）　一五八
喰積（新年）　二三四
九月（秋）　二〇〇
草茂る（夏）　一五九・二一三
草の花（秋）　四二
草餅（春）　一五九
草紅葉（秋）　一八〇
葛の花（秋）　一〇六・二一五
雲の峰（夏）　一四四
栗（秋）　一六四・二四二・二八六
胡桃（秋）　二一・二〇一
暮の秋（秋）　三四・一一九・一七九
暮の春（春）　一二五
黄沙（春）　四七
香水（夏）　五八
紅梅（春）　一三・二四四・二五六・二九一
黄葉（秋）　一六六・一八〇・二〇四・二三一・二八七・

三四
黄落（秋） 九七
コート（冬） 一一〇
五月（夏）
三一・八七・一四一・一八六・二九三
極暑（夏） 五八・九〇・一九六
木下闇（夏） 二一三・二三八
去年今年（新年） 二三三
東風（春）
八六・一〇〇・一四〇・一七一・一七二・
二三五・二九一
胡蝶蘭（夏） 九一
小鳥来る（秋） 七四
木の実（秋） 九五
木の実落つ（秋） 一六五
木の芽（春）
一四・九九・一一四・一七二・一七四・
一八四・二二六・二四五・二五七・三〇二
小春（冬）
三五・七四・九七・一三六・一六八・
一八〇・二一八・二三一・二八八・二九八
ごまめ（新年） 九九・二〇五
更衣（夏） 三一八

さ

冴返る（春） 一三七
囀（春） 一四・二四・一三八・三三〇
桜（春）
一四・三七・三八・七〇・一四一・一七四・
二〇八・二〇九・二一〇・二一一・二二六・
二三五・二三六・二三七・二五七・二六六・
二六七・二七八・三一五・三一六・三一七
さくらんぼ（夏） 九〇
山茶花（冬） 三〇・一四九・一五〇
杜鵑花（夏） 二一八
皐月（夏） 三〇五
里祭（秋） 五一
五月雨（夏） 六三
寒し（冬） 五五・一九一
冴ゆ（冬） 二二三・二七五
サルビア（夏） 一八・二四七
爽やか（秋）
七三・一〇六・一三二・一七八・三〇八
鰆（春） 二四四
三寒四温（冬） 一二・二二三
残暑（秋）
二七・六〇・六四・九二・三一〇
残雪（春）
一二四・一二五・一三七・一四一・二一〇・
二四五・二八〇
鹿（秋） 二五三・二九五
シクラメン（春）
八三・八六・三一四
時雨（冬）
二一・四三・一三四・一六六・一六七
茂（夏）
一〇四・一九六・二八一・三〇六・三三一
獅子舞（新年） 四六
滴り（夏） 六六
下萌（春） 六九・一七四
枝垂桜（春） 二五七
清水（夏） 一八・二二九
注連飾（新年） 一〇九・二五四
沙羅の花（夏） 六四・二九四
秋意（秋） 二三〇・三〇八・三〇九
十三詣（春） 一七三
秋思（秋） 九六
秋色（秋） 二七・五九・二〇三・二七一
十二月（冬） 一九三
秋明菊（秋） 二〇四
秋冷（秋）
二九・五九・六六・六七・九三・一七九
淑気（新年） 二六四
数珠玉（秋） 一三〇
春光（春）
四七・一二三・一三九・一四〇
春愁（春） 一三九
春宵（春）
一四・二四・八一・八七・一〇一・一一三
春塵（春） 二五六
春昼（春）
六九・八七・一一四・一七二・一七三・
一八四・二二五・二三六・二四四・二七九・
二八〇・二九〇・三〇二・三三八
春潮（春） 二二四・二三五
春泥（春） 二四
春灯（春）
二四・三一・八七・一一二・一二四・

一七四・二三六・二三七
春雷（春）　六九
菖蒲（夏）　一九九
菖蒲田（夏）　七一
初夏（夏）　一一六・一八六・一九九・二四六・二八一・二九二・三一八
除夜（冬）　一三一・一六九
白南風（夏）　一四四
師走（冬）　三五
新暦（新年）　八四
新樹（夏）　一〇三・一一六・二九一
新蕎麦（秋）　一二八
沈丁花（春）　一七一
新年（新年）　一一一・二六三・三三七
新涼（秋）　四一
新緑（夏）　一〇三・一四二・一四三・一九七・二二七・二五九・二九二・二九三
スイートピー（春）　二〇七
水仙（冬）　二五五・二六四
睡蓮（夏）　一四三・二八三・三一八
末黒野（春）　一〇二
冷まじ（秋）　一一九
芒（秋）　二〇・二六・二八・五九・六〇・七二・一〇八・一四七・一七九・二〇〇・二〇二・二一四・二四一・二五一・二八七・二九六・二九七・三三三
芒野（秋）　七三・二六二・二九六
涼し（夏）　四〇・五八・九一・一〇三・一〇四・一一七・一四六・一七六・一九七・一九八・二三八
巣箱（夏）　三九
菫（春）　二三七
聖夜（冬）　五三・六八・九八・一六八・一九三
節分（春）　一五六
扇風機（夏）　五八・三〇六
早春（春）　二六五
雑煮（新年）　四四・一一〇・一三一・二〇五・二七七・三三六
蕎麦の花（秋）　七三・二〇二

た

大根の花（春）　一二六・一五八
大根干す（冬）　二六五
泰山木の花（夏）　二三七
台風（秋）　三三・一六二・二三九
大文字（秋）　二六九
田植（夏）　一九九
田打（春）　二二二
耕（春）　一八三
滝（夏）　六四・三〇五
竹落葉（夏）　一〇二・二四七・三〇五
竹の秋（春）　二三四・三〇四・三〇五
竹の皮脱ぐ（夏）　八八・八九
竹の春（秋）　一六四
玉葱（夏）　一一五
ダリア（夏）　一一八・二二四・三三二
短日（冬）　一六七・一八〇・一九四
蒲公英（春）　二三八
遅日（春）　六二・一一三
ちちろ（秋）　一一八
千鳥（冬）　一三四
チューリップ（春）　三一・三三
蝶（春）　三〇三
月（秋）　四一・二四〇・二六一・二八五・二九五
月見草（夏）　九二・一一八・一六三
蔦（秋）　九五・一一八・一三一・一四五・二八六
蔦枯る（冬）　二一七
躑躅（春）　一二六・一四二・一四三
椿（春）　一五六・一七四・一八三・二三六・二七九
燕の子（夏）　二〇〇
冷たし（冬）　六七・一三三
梅雨（夏）　八九・一〇五・一四二・一七七・一八八・二一一・二三八・二四七・二四八・二五八・二六九・二九三・二九四・三〇四・三一九・三三一
露（秋）　一六二・一九一
露草（秋）　二八・一一九・二一四

梅雨寒（夏） 三一九
梅雨晴（夏） 八九・一六〇・二六七・二八二・二九二
釣鐘草（夏） 一九〇
石蕗の花（冬） 五一・五二・一〇九・一四九・二一六・二三二・二五二
汀女忌（秋） 三三・三四・五〇・八三・二三九
手袋（冬） 九四
手鞠唄（新年） 一一〇
照葉（秋） 七四・二五一・三三四
天高し（秋） 九四・二一六
籐椅子（夏） 一七五
冬瓜（秋） 二四〇
玉蜀黍（秋） 一二八・二〇二・二六一
冬麗（冬） 五五・二九九
灯籠（秋） 二四九
蜥蜴（夏） 一六一
土佐水木（春） 二〇八
登山（夏） 一九一・二〇〇・三〇七
年越（冬） 一八一
年越蕎麦（冬） 一六九
年忘（冬） 二七六
屠蘇（新年） 三〇・四四・一一〇・二三三・二六四・二七七
トマト（夏） 二九五
鳥兜（秋） 二七〇
酉の市（冬） 一三三・二三二・二三三
団栗（秋） 一〇八・二四二・三三四・三三五
蜻蛉（秋） 四〇・一〇六・一四六・二〇一

な

苗木（春） 一九八
名越の祓（夏） 八九・九〇
茄子（夏） 二六八・二九五
夏（夏） 七一・一一七・一九八
夏落葉（夏） 一六二
夏帯（夏） 八三
夏鴨（夏） 一四一
夏菊（夏） 二三九
夏きざす（夏） 一〇三・一八七・一六〇
夏草（夏） 一八・一九・一四五・二八三・三三〇
夏木立（夏） 四〇・四八・一二九・一五九・二三八・二六七・二六八
夏座布団（夏） 二〇〇
夏潮（夏） 二五
夏芝（夏） 四八
夏近し（春） 三一八
夏に入る（夏） 一五・八八
夏野（夏） 四九・一三五・一二八・二一三
夏の雨（夏） 三〇六・三〇七
夏の海（夏） 二五
夏の風（夏） 一〇三
夏の川（夏） 一二七・二六七・二六九
夏の霧（夏） 一八八・二一三・二四六・三三〇・三三一
夏の雲（夏） 八二・三〇五
夏の潮（夏） 一八九
夏の蝶（夏） 一〇二・三一〇
夏の月（夏） 八一・一八八・二八四
夏の寺（夏） 二六八
夏の果（秋） 二四九
夏の灯（夏） 八二・二四六・二四八
夏の日（夏） 四八・二三八・二六九・三一九
夏の夕（夏） 一五・一六〇・二三九・二六八・三〇六
夏の夜（夏） 九一・一一八・二五〇・二六九
夏の宵（夏） 一八
夏暖簾（夏） 二六八
夏萩（夏） 九二・二六〇
夏帽子（夏） 一六・一九・八二・一六一・一八八
夏めく（夏） 五六・一一五
夏館（夏） 四七・一四六・二四八
夏柳（夏） 一〇四
夏山（夏） 二五〇
菜の花（春） 一五九・二三五・二七八・三一八

鍋焼(冬) 三〇
波の花(冬) 二五六
鳰(冬) 八五・一〇八
二月(春) 一三七
二月尽(春) 五六
虹(夏) 一六〇・一九〇
西日(夏) 五八・一四五
日記買う(冬) 六八
捩花(夏) 二八一
年賀(新年) 一八二・二〇五
年酒(新年) 二一・一五五・二八九・二九一
野菊(秋) 七三
後の月(秋) 二四一
長閑(春) 一七三
海苔(春) 五四

は

ハイビスカス(夏) 一九七
墓参(秋) 二三九・二四九・三三三
萩(秋) 二一・二七・一三三・一四七・一六四
麦秋(夏) 一一六・一二八
薄暑(夏) 四九・八八・一〇三・一一五・一三七・一八七
葉桜(夏) 三三九
蓮の浮葉(夏) 九一・一〇四
裸(夏) 一一八・一八六
肌寒(冬) 四三
跣足(夏) 九〇
肌脱(夏) 三三一
初茜(新年) 三〇〇
初明り(新年) 二六四
初句会(新年) 三三六
初景色(新年) 二六四
初暦(新年) 三三三
初金毘羅(新年) 三六
初時雨(冬) 二〇四・三三二
初東雲(新年) 二七七
初空(新年) 二四三・三三五・三三七
初電話(新年) 二三四
初凪(新年) 九九・一一〇・一一一・一五五・二〇五・二三三・三〇〇
初春(新年) 八五・一八二・二〇六・二三四
初晴(新年) 一七〇
初日(新年) 一一・一二一・二〇五
初富士(新年) 八四・二四三・二七七・二八九・三〇一・三三五
初冬(冬) 五二・一八〇・二〇三・二一八・二九八・三〇〇
初御空(新年) 二六四
初詣(新年) 三一・二八九・三三六
初湯(新年) 二四三
初雪(冬) 二八六・三三六
初夢(新年) 三三六
花(春) 三七・三八・六九・七〇・八六・一七三・二〇八・二二二・二六六・二六七・三一六・三一七
花烏賊(春) 一九六
花うつぎ(夏) 四九
花曇(春) 二六七・三三〇
花菖蒲(夏) 二三七・二五八
花漬(春) 三八
花菜漬(春) 六三
花野(秋) 一九・五〇・六六・七二・一九一・二〇二・二三九・二四九
花火(夏) 一六・一七・一〇五・一一七・二八五・二九六
花冷え(春) 七〇
花見(春) 七〇・一七三・三一六・三二九・三三〇
母の日(夏) 一九七
葉牡丹(冬) 五四
破魔矢(新年) 三一・二四三・二八九・三三六
浜木綿(夏) 四八
鱧(夏) 二四八
薔薇(夏) 五六・一六一・一八六・一九七・三一七

春（春）　二三・四六・三〇二
春浅し（春）
三六・一一四・一五六・二五六
春惜しむ（春）　二二五・三〇二
春風（春）　四七・二七九
春著（新年）　一八三
春寒（春）
一四・三〇・八一・八六・一五六・二〇六・
二〇八・二七八・二七九・三〇三・三三七
春雨（春）
四七・六二・二〇六・二五七・二九一・
三〇三・三一九
春田（春）　一七〇
春近し（冬）　一三六・二二五
春の海（春）
三〇・三一・六九・一三三・一八三・
一九六・二三五・二六五・二七七・二九〇
春の風邪（春）　一七〇・二三四
春の鴨（春）　二七八
春の霧（春）　一八四
春の暮（春）
一〇一・一一一・一七八・二八一・二九〇・
三〇一・三一九
春の空（春）　二四四・二八〇
春の月（春）　二五七
春の土（春）　一五八
春の鳥（春）　一一五・二〇七
春の日（春）　二〇六・二五六・三一四
春の水（春）
一〇二・一一三・二七九・二八〇
春の山（春）　二一〇
春の雪（春）
三八・六三・九九・一一三・一四〇・
一九五・二六五・三〇一・三〇二
春の夜（春）
三一・六二・二〇九・二九〇・三〇一
春疾風（春）　一二四・一八四・二九一
春深し（春）
三八・一二四・一四〇・三〇三
春待つ（冬）　一七〇・二二五
春祭（春）　八七
春めく（春）　一五七
バレンタインデー（春）
一一二
晩夏（夏）　六〇・一九一
半月（秋）　一九二
パンジー（春）　二二四
晩春（春）　二一〇
ハンモック（夏）　四〇
万緑（夏）　二八二
日脚伸ぶ（冬）　二三・四五
日傘（夏）　二八三
彼岸（春）　三〇二
日盛（夏）　一四四・三〇六
避暑（夏）　五七
旱（夏）　六五
雛（春）　二九二
日永（春）　四六・三三〇
雛祭（春）
一三・一四・三一・三七・一三七・一三八・
一七一・一九五
向日葵（夏）　六五・三〇七
百日草（夏）　二二九・三〇七
白夜（夏）　一九八
日焼（夏）　一四五
冷やか（秋）
六七・一三一・一七五・一七六・一九三・
二二四・三三四
枇杷（夏）　一八七
プール（夏）　二一六
蕗（夏）　一七三
蕗の薹（春）
三七・二三四・二四五・二七八
河豚（冬）　一六八
福寿草（新年）　三一
藤（春）　一四二
富士薊（秋）　五〇・七四・二八七
札納（冬）　三三
葡萄（秋）　二四〇
冬（冬）
三一一・三二一・三二三
冬浅し（冬）　一三二
冬暖か（冬）　五二・二一八
冬苺（冬）　三一四
冬うらら（冬）　一六七
冬構（冬）　一三五
冬枯（冬）　四四・一三五・二一五
冬木（冬）　四三・一三五・一八一
冬ざれ（冬）　二五四

冬潮(冬) 五二
冬近し(秋) 二・三四
冬菜(冬) 七五・八四
冬凪(冬) 五四・五五
冬野(冬) 二七五
冬の雨(冬) 八四・二三四・三一二
冬の風(冬) 一八一
冬の川(冬) 七四
冬の雲(冬) 四四・二八八
冬の潮(冬) 一六八
冬の空(冬) 二九九
冬の滝(冬) 二五四
冬の蝶(冬) 四五
冬の月(冬) 五五・一三三・一九四
冬の鳥(冬) 一三五
冬の波(冬) 一六八・二五五
冬の日(冬) 四三・四五・一三四・一三六・二八八・二九八・三一三
冬の灯(冬) 八五・一六七・二七五・二七六
冬の星(冬) 二七五
冬の濠(冬) 二一七
冬の山(冬) 八五
冬薔薇(冬) 三五・九七
冬晴(冬) 三六・四三・五四・三一一
冬牡丹(冬) 六三
冬めく(冬) 三一二
冬紅葉(冬) 四三・一二〇
冬館(冬) 三一二
鰤起し(冬) 二二
古暦(冬) 八四
法師蟬(秋) 三三一
忘年会(冬) 六八
鬼灯(秋) 二六〇・二九六
鬼灯市(夏) 五七
星祭(秋) 六五
蛍袋(夏) 一二八・一六三・一八九・二二三・二四〇
牡丹(夏) 六三・二三七
牡丹鍋(冬) 二九・一三四
牡丹の芽(春) 一〇〇
ポピー(春) 一五七
ぼろ市(冬) 二三
盆用意(秋) 二四九

ま

蠛蠓(夏) 二三七
松過ぎ(新年) 二三四
祭(夏) 六六
マフラー(冬) 六八
繭玉(新年) 四五
曼珠沙華(秋) 二三〇・二九七
蜜柑(冬) 一六七・二五二・三一〇・三三九
短夜(夏) 一五・二五・八八・一二五・一七五・一八七・三〇五・三一九
水草生ふ(春) 一三三・二〇七
水澄む(秋) 六六
水菜(春) 二四四
水温む(春) 一三九・一七二
水芭蕉(夏) 一〇二・二五八
水引の花(秋) 一六三・二〇一・二三九
溝蕎麦(秋) 一三〇
三日(新年) 一三三
緑立つ(夏) 五六
南風(夏) 一七・三九・一四四・一六〇・二八四
身に入む(秋) 七三
麦の秋(夏) 三〇四
木槿(秋) 七一・七二・一六三・二九五
紫式部(秋) 一三五
名月(秋) 二六一
毛布(冬) 四二
木犀(秋) 一四八・一六五
餅花(新年) 二五四
ものの芽(春) 一〇〇・一三八
紅葉(秋) 二九・一二〇・一三三・一三四・一四七・一九三・二二五・二四一・二五二・二八七・二八八・二九九
紅葉狩(秋) 七三
紅葉散る(冬) 二一・二〇四
桃の花(春) 一一四
百千鳥(春) 二二一
桃吹く(秋) 九四

や

八重桜(春) 二三七
焼野(春) 二五七
椰子(夏) 二八四
柳散る(秋) 一一九・一六四・二五二
柳の芽(春) 六九・一七二
山薊(秋) 二九五
山桜(春) 二三六
山吹(春) 三九
山法師(夏) 四九・五〇
山笑ふ(春) 一七〇・一八四
敗荷(秋) 一六四
夕立(夏) 一五九
夕焼(夏) 一八・四〇・五七・五九・九〇・一八六・三二一
川床(秋) 一七九
浴衣(夏) 七一・八九・二五〇
雪(冬) 五五・一三六・一五五・一五六・二五五・二九〇・三一八
雪折(冬) 一〇一
雪搔(冬) 三六
雪だるま(冬) 五五
行く秋(秋) 二三〇・二三一
柚子(秋) 二一七
百合(夏) 九七・一二五
宵闇(秋) 四一
余寒(春) 八六・一五八・一七一・二〇六
夜寒(秋) 四二・六〇・一九二
葭切(夏) 二二六
吉田火祭(秋) 四一・一七八・一九〇・一九一・二二八・二四九・二五〇
夜濯(夏) 四八・一七七
ヨット(夏) 一九〇
夜釣(夏) 一八八
夜長(秋) 七三・二八五
蓬餅(春) 六三
夜半の夏(夏) 一六

ら

立秋(秋) 二五〇
立春(春) 一五七
立冬 三五・二一六
良夜(秋) 二六一
緑蔭(夏) 一六・三九・一四六・一五九・二五九・二八二
林檎(秋) 九七
竜胆(秋) 一三〇・二〇一
ルピナスの花(夏) 一九八
冷房(夏) 一一六
連翹(春) 一一四・二二六
老鶯(夏) 五七・一四一・一七四・一七六・一八九・二二二・二三八・二九四・三〇七・三二〇

わ

若楓(夏) 六四・一一六・二八二
若芝(春) 一五七
若葉(夏) 一五・三九・四九・七〇・八八・一〇三・一一五・一二四・一八六・一八七・一八九・二一一・二三七・二四七・二九二・三三〇
若水(新年) 二四四・二五五
若布(春) 一八三
病葉(夏) 二六一・二九六
忘れ霜(春) 二一一
早稲田(夏) 一〇五
吾亦紅(秋) 二七・二七〇

あとがきに代えて

「風花」創刊七十周年記念として『小川濤美子全句集』が完成したことを、同人・会員と共に心より喜びたいと思います。
母の小川濤美子は大正十三年三月六日、東京都中野に祖父・中村重喜、祖母・汀女の長女として生まれました。本年、九十三歳を迎えました。この全句集の完成を心待ちにしておりましたが、四月二十二日、急逝してしまいました。

人のつく手毬次第にさびしけれ　汀女（昭13）

母は、この「手毬唄」を今でも鮮やかに覚えていると言っていました。

冬鏡子を嫁がせし吾がゐし　汀女（昭19）
外《と》にも出よ触るるばかりに春の月　（昭21）

「風花」創刊号は、昭和二十二年四月に発行されました。祖母・汀女は四十三歳、母・濤美子は二十三歳、晴子は一歳でした。ごく普通の家庭の主婦が、俳句結社の主宰として働くという俳人の道が始まりました。

　生前の汀女は、「濤美ちゃん居ますか。ちょっと用があるので家に来て下さい」と、電話で呼び出しました。母は急いで庭を横切り、駆け付けていました。祖母の用事はなかなか済まず、母はしばらく仕事の手伝いを続けていました。主に編集や事務が中心でしたが、汀女の旅行や吟行などには常に同行していました。ただし句会の折だけは、母は祖母から「廊下で待ってなさい」と言われたそうです。

　平成になり、母が「風花」を継承してからは、母は私に句会の出席を許してくれました。作句の喜び、苦しみを母と共に知ることができました。

花の道行者ら伊勢へ抜けしとや　（平4）
選り迷ふ菓子銀皿に聖夜くる　（平5）
青蘆や櫓のひとこぎに身を託し　（平12）
たんぽぽの夜は閉ぢてをり小さき壺　（平20）
初富士や身近に拝む畏けれ　（平25）

俳句との日々は「女性俳人の道」の七十年でもあります。国内、海外の支部の句友と歩んだ道は感謝に満ちた日々でした。しかし「女性俳人の道」は平坦な道ばかりではありません。

汀女に続き、濤美子も「女性俳人の道」を、ある時は転びつつ歩んだ日もありましたが、常に前向きに、気丈に、佳麗な歩みを私たちに示してくれました。母の亡きいま、私たちは汀女・濤美子の示した俳句の道を真摯に受け継いでゆきたいと思います。

刊行にあたり、宇多喜代子先生の玉稿を頂き厚く御礼申し上げます。

角川『俳句』編集部の皆様のご協力に感謝を申し上げます。

また、濤美子とは永きにわたり殊の外昵懇にさせて頂いたＫＡＤＯＫＡＷＡの石井隆司氏のお力添えによって本集が完成しましたことに、御礼申し上げます。

平成二十九年四月

小川晴子

著者略歴

小川濤美子（おがわ　なみこ）
大正十三年三月六日、東京生まれ。
昭和二十九年より母・中村汀女を補佐。
昭和六十三年、汀女死去により「風花」主宰を継承。
平成二十八年、俳人協会功労賞。
平成二十九年四月二十二日、死去。享年九十三。
句集に『富士薊』『和紙明り』『来し方』『芒野』、
著書に『中村汀女との日々』『汀女俳句三六五日』がある。

小川《おがわ》濤美子《なみこ》全句《ぜんく》集《しゅう》

初版発行　2017（平成29）年5月25日

著　者　小川濤美子
発行者　宍戸健司
発　行　一般財団法人 角川文化振興財団
〒102-0071 東京都千代田区富士見1-12-15
電話 03-5215-7819
http://www.kadokawa-zaidan.or.jp/
発　売　株式会社 KADOKAWA
〒102-8177 東京都千代田区富士見2-13-3
電話 0570-002-301（カスタマーサポート・ナビダイヤル）
受付時間　9:00 〜 17:00（土日、祝日、年末年始を除く）
http://www.kadokawa.co.jp/
印刷製本　中央精版印刷株式会社
 ISBN978-4-04-876463-6 C0092